사씨남정기

청소년들아, 김만중을 만나자

사씨남정기

김만중 글 | 림호권 옮김 | 박소연 다시쓰기 | 무돌 그림

보리

차례

우리 고전 깊이 읽기

숙녀와 군자가 짝을 지으니

중국 명나라 금릉 지역 순천에 유현이라는 이름난 선비가 살고 있었다. 이 사람은 개국공신* 유기의 후손으로 사람 됨됨이가 현명하고 정직하며 글을 잘 쓰고 풍채 또한 뛰어났다. 소년 시절에 벌써 과거에 급제하여 벼슬이 이부시랑*, 참지정사*에 이르고 온 나라에 이름을 떨쳤다.

유현이 일찍이 최 시랑의 딸을 아내로 맞이하니, 최씨 부인 또한 덕이 높아 집안을 화목하게 이끌었고 모두의 우러름을 받았다. 부부 금실도 좋아 세상에 부러울 것이 없는데 다만 슬하에 자식이 없어 늘 섭섭하였다.

그러던 중 최 씨의 나이 서른이 넘어 옥 같은 아들을 낳으니 집안의 기쁨은 이만저만이 아니었다. 유현은 이리저리 생각하다가 장수하라는 뜻으로 아들 이름을 연수라고 지었다.

하지만 연수가 태어난 지 돌도 되기 전에 최씨 부인이 병에 걸려 자

* 개국공신은 나라를 새로 세울 때 큰 공로가 있는 신하를 이르는 말.
* 이부시랑은 법률을 맡아보는 이부의 두 번째로 높은 벼슬.
* 참지정사는 현재의 차관 정도의 직위를 말하는 벼슬 이름.

리에 눕더니 좋다는 약을 다 써 보아도 소용이 없고 하루아침에 세상을 뜨고 말았다.

이때 나라에서는 간사한 신하들이 권세를 휘두르는 통에 충신들이 억울한 누명을 쓰고 죽기도 하고 귀양을 가기도 했다. 청렴하고 고결한 인품의 유현은 본디 높은 자리에 뜻이 없었기에 몸에 병이 있다는 핑계로 벼슬에서 물러나 집에서 지냈다.

유현에게는 성품이 순하고 덕이 높은 누이가 있는데, 일찍이 선비 두 강과 혼인하여 두씨 부인*으로 불렸다. 불행하게도 남편이 병으로 세상을 떠나고, 젊은 나이에 아들 하나를 데리고 홀로 살았다. 유현은 혼자 살고 있는 누이를 제집으로 오게 하여 남매가 서로 의지하며 의좋게 살아갔다.

연수는 자라면서 얼굴이 옥같이 맑고 남달리 총명하여 열 살에 벌써 행동거지가 바르고 문장도 여느 사람과는 견줄 수 없을 정도로 대단했다. 유현은 마음이 흡족하기 그지없었으나 다만 먼저 간 아내를 생각하면 아들의 기특한 모습을 함께 보지 못하는 것이 한스러웠다.

세월이 흘러 어느덧 연수 나이 열네 살이 되었다. 이해에 연수는 향시*에 으뜸으로 뽑히고, 이듬해 과거에 장원급제하였다.

임금은 연수의 글솜씨와 사람 됨됨이를 보고 매우 칭찬하며 한림학

* 두씨 부인의 성은 유씨지만, 두씨 집안 부인이라 두씨 부인으로 불렸다.
* 향시는 지방에서 치르던 과거 시험. 향시에 합격해야 서울에서 과거 시험을 치를 수 있었다.

사*로 임명하였다. 그러나 연수는 자신의 나이가 아직 어리니 십 년 더 공부한 뒤에 벼슬길에 오르고 싶다고 청하였다. 임금은 그 뜻을 기특하게 여겨 특별히 한림학사 벼슬을 그대로 가지고 오 년 더 공부하도록 허락하였다.

한 해 두 해 세월이 흘러 오 년이 되어 학문이 더욱 깊어지고 의젓해진 연수는 벼슬길에 나섰다. 인물로 보아도 신분으로 보아도 연수는 누구나 탐내는 신랑감이라, 딸 가진 사람마다 사위로 삼고 싶어 했다.

하루는 유현이 누이 두씨 부인과 함께 성안의 매파*들을 불러 며느릿감으로 어질고 얌전한 처녀를 소개하도록 했다. 매파들 말을 들어 보니 한 처녀를 두고도 매파마다 칭찬하기도 하고 헐뜯기도 하여 하루 종일 들어도 도무지 결정할 수가 없었다.

그때 주씨 성을 가진 노파가 아무 말도 없이 가만히 앉아 있더니 다른 매파들의 말이 끝나자 말문을 열었다.

"모든 말이 공정하지 못한 듯하니 제 말씀을 들어 보십시오. 상공*께서 부귀를 탐내신다면 엄 승상*의 손녀만 한 데가 없고, 인물과 마음씨가 한가지로 고운 숙녀를 구하시려면 신성현에 사는 사 급사* 댁 아가씨 말고 더는 없으니, 부디 이 두 곳 중 하나를 고르시옵소서."

---

* 한림학사는 한림원에 속하여 조서를 짓는 일을 맡아보던 벼슬.
* 매파는 혼인을 중매하는 사람.
* 상공은 높은 벼슬에 있는 이를 이르는 말.
* 승상은 당시 가장 높은 벼슬로 지금의 국무총리에 해당한다.
* 급사는 임금의 시중을 맡아보던 잡직 중 하나.

그 말에 유현은 기쁜 얼굴로 매파에게 말하였다.

"부귀는 내 원하는 바 아니고 어질고 청렴한 사람을 고르려고 하네. 사 급사는 일찍이 대간* 벼슬을 하며 곧은 말만 하다가 귀양 살던 곳에서 죽은 강직한 선비니 마땅히 사돈을 맺을 만하네. 그 댁 따님은 어떠한가?"

"사 소저의 용모와 덕행을 칭송하는 소리가 항간에 자자하니 어찌 이루 다 아뢰겠습니까. 제가 매파로 다닌 지 삼십 년에 지체 높은 재상 댁을 드나들며 신붓감을 많이 보아 왔으나 그처럼 아름답고 속도 고운 아가씨는 처음입니다."

"아름다운 사람을 고르는 것이 아니라 반드시 덕과 행실이 있어야 할 것이네."

"사 소저의 이를 데 없는 덕행은 외모에 환히 나타납니다. 상공께서 제 말을 믿기 어려우시면 다른 사람을 보내 확인해 보십시오. 제가 어찌 감히 상공께 거짓을 말하겠습니까."

주씨 노파가 돌아가자, 유현은 두씨 부인에게 말했다.

"매파의 말만 가지고는 믿기 어려운데 어찌하면 사 소저의 인품을 자세히 알 수 있을까?"

이에 두씨 부인이 한동안 속으로 생각하더니 이윽고 대답하였다.

"사람의 성품은 필체에서 나타난다고 했는데, 사 소저의 글씨를 볼

---

* 대간은 임금에게 옳지 못하거나 잘못된 일을 고치도록 말하는 벼슬.

수 있는 방법이 한 가지 있습니다.

우리 집에 보관하고 있는 남해 관음보살 그림은 옛날 당나라 사람이 그린 것으로 본디 우화암에 시주하려던 것이지요. 우화암 여승 묘혜를 불러다가 그 그림을 가지고 사씨 댁에 찾아가게 하면 어떨지요.

묘혜더러 사 소저에게 관음찬* 한 수를 써 달라고 부탁하여 친필을 받아 오면 소저의 재능과 덕행을 짐작할 수 있으며, 묘혜가 소저의 얼굴을 자연스레 볼 것입니다."

"누이의 방법이 그럴듯하나 관음찬 짓는 것이 쉽지 않을 텐데 어린 처자가 감당할 수 있겠나?"

"쉽지 않은 글을 지을 수 있어야 재주 있는 사람이 아니겠습니까."

유현이 누이의 생각을 옳게 여겨 묘혜를 불러오자고 하니, 두씨 부인이 곧바로 묘혜를 불러왔다.

"우리가 사 급사 댁과 사돈을 맺으려 하는데 그 댁 소저의 인물과 품행을 알 길이 없소. 이 관음보살 그림을 가지고 가서 사 소저에게 부탁하여 관음찬을 받아다 주면 우리가 한번 보고자 하니 수고 좀 해 주시오."

묘혜는 그림을 받아 바로 사 급사 댁으로 향하였다.

사 급사 댁 부인은 본디 불법(佛法)을 좋아하고, 묘혜가 전부터 여러 번 드나들어 서로 잘 아는 터라 묘혜를 반기며 안으로 들였다.

---

* 관음찬은 관음보살의 덕을 칭송하는 시.

"오랫동안 보이지 않던 대사가 오늘은 무슨 좋은 바람이 불어 이렇게 우리 집에 오셨는가?"

"제가 사는 암자가 낡아서 헐었기에 재물을 얻어 다시 고쳐 짓느라 틈이 없어 오랫동안 문안드리지 못하였습니다. 이제 큰일을 마쳤기에 이렇게 찾아와 뵙고 시주*하시기를 청합니다."

그제야 묘혜가 찾아온 까닭을 알고 부인이 말했다.

"불공드리는 일에 쓰는 시주를 어찌 아끼겠나. 하지만 가난한 처지라 집에 재물이 없으니 구하는 것이 무엇인가?"

"마님께서는 돈 한 푼 들이지 않고 베푸는 은혜이오나 저에게는 천금보다 귀중한 것입니다."

그 말에 부인은 호기심이 일어 재촉하였다.

"그러면 어서 말해 보시게."

그러니 바로 묘혜가 답하였다.

"암자가 다 고쳐진 뒤 어느 댁에서 관음보살 그림을 한 폭 시주했습니다. 이것은 옛사람이 그린 명화지만 그 위에 관음찬이 없어 큰 흠입니다. 이 댁 아가씨께서 금옥 같은 필체로 그림의 찬문을 지어 주시면 우리 절의 큰 보배일 뿐 아니라, 그 공덕이 금은보화를 시주하는 것보다 수십 배 더 크고, 아가씨 또한 장수를 누리는 복을 받으실 것입니다."

* 시주는 절이나 승려에게 물건을 베푸는 일.

부인이 그 말을 듣고 바로 귀가 솔깃하였다.

"우리 딸애가 비록 고금의 시문*을 좀 알기로서니 어찌 그런 글을 잘 짓겠는가. 허나 대사가 이리 청하니 어디 한번 시험이나 해 보시게."

그리고 시종에게 소저를 데려오게 하였다.

소저가 고운 버선발로 걸음을 옮겨 나오는데, 묘혜가 보기에 맑고 아름답기가 관음보살이 내려온 듯 황홀하고 세상에 어찌 이런 사람이 있을까 싶었다.

"제가 네 해 전에 아가씨를 뵈었는데 생각나십니까?"

"어찌 잊었겠습니까."

소저는 수줍어하며 웃었다. 부인이 묘혜가 찾아온 까닭을 딸에게 들려주었다.

"대사가 모처럼 찾아와 네 글솜씨로 관음찬을 지어 달라고 하는데, 할 수 있겠느냐?"

"제 모자란 재주로 어찌 감당하겠습니까. 하물며 여자가 시를 짓는 것은 예부터 경계하는 바라 아무리 대사의 청이라도 어렵겠습니다."

사양하는 소저의 목소리가 어찌나 맑은지 마치 화창한 봄 하늘에 새가 지저귀는 것 같았다.

"제가 구하는 바는 그냥 글이 아닙니다. 관음보살 그림을 얻고 보니 격에 맞는 찬문으로 공덕을 찬양하고자 하는데, 관음보살은 여자의

* 시문은 시가와 산문을 아울러 이르는 말.

몸인 까닭에 여자의 글을 받으려고 이렇게 아가씨를 찾아왔습니다. 아가씨 말고 누가 이런 글을 지을 그릇이 되겠습니까."

묘혜와 딸이 주고받는 말을 듣더니 부인도 딸에게 권하였다.

"네 글재주가 부족하면 모르겠지만, 찬문은 다른 글과는 다르고 대사도 간곡하게 부탁하니 네 능력껏 한번 지어 보려무나."

묘혜는 가지고 갔던 족자를 얼른 내놓았다. 부인과 소저가 받아 펼쳐 보니 한없이 넓고 넓은 바다의 외로운 섬 속 대나무 숲 아래에 관음보살이 있었다. 흰옷을 입고 흐트러진 머리에 염주 목걸이도 없이 아이와 더불어 앉아 있었다. 그 모습을 그린 솜씨가 어찌나 기묘한지 마치 살아 있는 듯하였다.

"소녀가 배운 것은 유교의 글이요, 불교는 잘 모르니 제 찬문이 대사의 마음에 들지 않을까 싶습니다."

"무슨 말씀입니까? 푸른 연잎과 흰 연꽃이 빛은 다르나 뿌리는 한가지요, 공자와 석가모니가 비록 다르나 본받을 만한 성인(聖人)인 것은 마찬가지입니다. 아가씨가 불교를 잘 모른다 해도 유교의 글로 보살을 칭송하면 더욱 좋을까 합니다."

묘혜가 거듭 간청하므로 소저는 더 사양할 수가 없어 손을 씻고 족자를 탁자 위에 펼치고 공손히 절하였다. 그리고는 벼룻집에서 붓을 잡더니 단숨에 그림 여백에 관음찬 수백 자를 가늘게 쓰고는 끝줄에 '모년 모월 모일 사정옥 씀' 하고 붓을 놓았다.

묘혜는 소저의 문장과 글씨를 보고 예사로운 재능이 아닌 것에 놀라

자못 감탄하면서 족자를 정중히 받아 안고 부인과 소저에게 감사하며 돌아갔다.

한편 유현과 두씨 부인은 묘혜가 돌아오기만 기다렸다. 이때 대문이 열리며 묘혜가 환한 얼굴로 들어서자 유현이 반기면서 물었다.

"그래, 사 소저를 보니 그 재주와 용모가 어떻던가?"

묘혜가 얼른 족자를 내주며 말하였다.

"그림 속에 있는 이와 같았습니다."

그리고 사 급사 부인과 소저 사이에 오고 간 이야기를 전하니, 유현은 몹시 기뻐하였다.

"사 소저의 재주와 덕망이 과연 대단하구나."

서로들 감탄하며 족자를 벽에 걸어 놓고 보니 필법이 매우 정갈하여 군더더기가 없고 유순하고 다정한 성품이 글줄마다 소담스레 넘쳐 났다. 유현과 두씨 부인은 한동안 칭찬을 아끼지 않더니 마침내 그 글을 읽기 시작하였다.

관음은 옛적 성인이라

어질고 슬기로움 그 누구와 견주겠느냐.

정숙하고 검소하며 부지런함이

부인의 떳떳한 본분이어늘

외로이 빈산에 계신 것은 무슨 일인가.

관음의 모습 우러러보건대

흰옷 입고 동자를 품속에 안았으니

고결한 그 마음 내가 알겠구나.

옛 부인이 의리를 지켜 머리를 깎고

세상과 인연을 끊었다지만

슬프다, 관음보살 어찌하여 여기 계신가.

외로운 섬 대숲은 바다 건너 만 리인데

어진 덕이 세상에 이토록 비치거니

수많은 백성들이 누가 아니 공경할까.

아주 오랜 세월 그 이름 영원하리니

거룩한 그 덕망을 붓으로 찬양하기 어렵구나.

유현과 두씨 부인이 다 읽고 나더니 못내 감탄하였다. 유현은 참으로
기뻐하며 말하였다.

"소저의 글씨와 문장이 이토록 대단하니 재주와 덕행을 두루 갖춘 것
을 이것만 보아도 알겠구나. 과연 주씨 매파의 칭찬이 맞았도다. 이
제 누구를 보내 청혼하여 사 급사 댁의 허락을 얻을꼬?"

두씨 부인이 선뜻 대답하였다.

"어서 그 매파를 보내 청혼하십시오."

유현이 그 말을 옳게 여겨 주씨 매파를 불렀다.

"내 사 소저의 재능과 덕행을 이제 알았으니, 자네가 그 집에 가서 혼인 허락을 받아 오게. 그리하면 그 수고 값을 톡톡히 낼 것이네."

주씨 매파가 곧 사 급사 댁을 찾아갔다.

사 소저는 이름이 정옥으로, 급사 사후영의 딸이다. 사후영은 본디 성품이 청렴하고 강직하여 욕심에 눈이 어두운 간신들의 짓거리에 분노하여 여러 번 임금께 상소하였다. 그러다가 도리어 간신들에게 누명을 쓰고 소주 땅에 귀양 갔다가 끝내 돌아오지 못하고 그곳에서 세상을 뜨고 말았다.

그리하여 부인은 설움을 가슴에 품고 딸, 아들과 더불어 고향 친정집에 돌아와 살고 있었다. 남달리 효성이 지극한 소저가 외로운 어머니를 정성껏 모시니 부인은 걱정이 없었으나 다만 딸이 혼인할 나이가 되어 가자 자연스레 마음이 쓰이기 시작했다.

이날도 부인이 딸의 장래를 생각하며 근심에 잠겨 있었다. 마침 매파가 들어와 공손히 인사하고 소저의 아름다운 미모를 거듭 칭찬하더니 말했다.

"이 늙은것이 유 상공의 분부를 듣고 아가씨 혼사를 의논하러 왔습니다. 유 상공의 자제는 소년 시절에 벌써 벼슬이 한림학사에 이르고 글재주와 덕행이 누구보다 뛰어나니, 이 댁 아가씨와는 하늘이 정한 좋은 연분인가 합니다."

부인은 진작부터 유 상공의 자제 유연수의 인물과 풍채가 뛰어나다는 소문을 들은지라 마음속으로 못내 기뻐하며 딸과 의논하려고 딸 방에 들어가 매파의 말을 전하였다.

"어미 마음엔 다시없을 좋은 자리 같은데 네 생각은 어떠냐? 주저 말고 말해 보아라."

소저는 심사숙고하는 듯 그윽이 말이 없더니 나직하게 대답하였다.

"유 상공은 지금의 어진 재상이라 그런 집과 혼인하는 데 거절할 까닭이 있겠습니까.

다만 소녀가 듣기에 군자는 덕을 중히 여기고 미색을 천하게 여긴다 하였습니다. 그런데 지금 매파의 말을 들어 보면, 먼저 겉모습만을 입에 올리는 것이 마땅치 않고, 유 상공 댁 부귀만 자랑하고, 돌아가신 우리 아버님의 덕망에 대해서는 한마디 말이 없습니다.

이것이 매파가 경솔하여 잘못 전한 것이라면 몰라도 만일 유 상공의 뜻이라면 그 어진 이름은 헛된 소문일 것입니다. 소녀는 그런 집과 혼인하기를 원치 않습니다."

부인은 딸의 뜻을 어기기 어려워 매파에게 돌아와, 딸이 아직 나이가 어려서 출가할 생각이 없더라고 전하였다. 매파는 멋쩍게 유씨 집으로 돌아와서 사실 그대로 이야기하였다.

유현과 두씨 부인은 그 말을 듣고 매우 섭섭히 여겨 한동안 말이 없었다. 그러다 문득 유현이 매파에게 물었다.

"자네가 가서 무엇이라 말했는지 그대로 한번 말해 보게."

매파가 사씨 댁에 가서 자기가 말한 대로 자세히 다시 이야기하니 유현이 깨닫고 후회하였다.

"내가 경솔하여 자네를 잘 가르쳐 보내지 못하였으니 일이 난처하게 되었노라. 자네의 수고비는 쳐주리니 그만 돌아가게."

이튿날 유현은 곧바로 사 급사 댁이 있는 신성현에 가서 잘 알고 지내는 관원을 만나 부탁하였다.

"내 이곳에 사는 사 급사 댁 소저에게 청혼하려고 매파를 보냈더니 핑계를 대고 혼인을 허락하지 않았네. 이는 분명 매파가 말을 잘못 전해서인 듯하네. 그러니 선생이 나를 위하여 사씨 댁에 한번 다녀와 주시게."

"공이 모처럼 부탁하시는데 어찌 거절하겠습니까."

관원이 흔쾌히 승낙하자 유현이 당부하였다.

"다른 말은 하지 말고 돌아가신 사 급사의 인품을 흠모하여 혼인을 청한다고 하면 아마 그 댁에서 생각이 달라질 것이네."

관원은 유현을 관아에서 기다리게 하고는 사씨 댁을 찾아갔다.

그 집에 이르러 먼저 제 소개를 하고 인사를 청하니, 부인은 딸의 혼사 일로 왔음을 짐작하고 방을 깨끗이 정리한 뒤 손님을 맞이했다.

"어른께서 이처럼 누추한 곳에 오시어 외로운 처지를 위로하시니 보잘것없는 저희 집의 영광입니다."

관원이 공손히 듣더니 정중히 말하였다.

"이 댁 소저의 혼인을 중매하고자 여기 찾아왔습니다. 이부시랑, 참지정사를 지낸 유 공이 돌아가신 사 급사의 청렴하고 정직한 인품을 흠모하고 사 소저가 덕과 아름다움을 갖춘 숙녀임을 듣고 대견하게 여겼는데, 생각하니 그 아버지에 그 딸이라 성품은 묻지 않아도 알겠기에 사 소저를 며느리로 삼고자 하십니다.

유 공의 아드님은 벌써 과거에 장원급제하여 벼슬이 한림에 이르렀으며 임금의 총애를 극진히 받기에 딸 가진 사람마다 사위를 삼고자 청혼해 왔습니다. 그럼에도 유 공은 모두 물리쳤습니다.

그런데 사 소저에 대한 칭송을 들은 뒤 제게 혼인을 청하도록 하였습니다. 부디 때를 놓치지 말고 허락하시면 제가 돌아가서 유 공을 떳떳하게 뵐 수 있겠습니다.”

부인이 그 말을 듣고 황송하기 그지없어 선뜻 대답했다.

“제 못난 딸이 재주와 덕이 모자람에도 이렇듯 몸소 오셔서 말씀하시니 어찌 거절하겠습니까. 황송하여 염치없지만 돌아가시면 쾌히 승낙했다고 말씀해 주십시오.”

관원은 몹시 만족하여 관아로 돌아와 유현에게 사 급사 부인이 혼인을 허락했다고 전하였다. 이에 유현은 관원에게 거듭 고마워했다.

유현은 집으로 돌아와 누이 두씨 부인에게 그 말을 전하고 서둘러 혼인날까지 정하였다.

혼인날이 앞으로 한 달쯤 남아 서둘러 예장함*까지 보내 놓고 보니 만사가 순순히 풀려 기쁘기 이를 데 없었다. 다만 유현은 아내 최씨 부

* 예장함은 신랑집에서 신붓집에 보내는 편지인 혼서지와 예물을 담은 함.

인과 이 기쁨을 함께 나누지 못하는 것이 못내 가슴 아팠다.

이러구러 혼인날이 되어 두 집에서는 크게 잔치를 차렸다. 먼저 신붓집에서 구경꾼들의 부러움과 축복 속에 혼례를 마치니 한 쌍의 원앙새와 같은 신랑과 신부였다.

사 급사 부인은 신랑의 신선 같은 풍채에 탄복하여 신랑감을 잘 골랐다고 기뻐하면서도 이런 기쁜 날에 남편이 없다는 사실이 뼈에 사무쳐 눈물이 비단 치마를 흥건히 적셨다.

이튿날 신혼 일행이 유현의 집에 도착하니 곱게 단장한 새색시가 가마에서 내리는데 어쩌나 의젓하고 아리따운지 사람들 모두 탄성을 냈다.

이윽고 신부가 폐백 상 앞에서 시아버지와 시고모에게 공손히 절하였다. 유현과 두씨 부인이 눈을 들어 신부를 보니, 자태가 선녀 같은 것은 말할 것도 없고 어진 성품이 외모에 넘쳐 났다.

유현은 기쁨을 이기지 못하여 두씨 부인을 돌아보며 말하였다.

"우리 며느리를 평범한 여자들과 어찌 견주겠는가. 참으로 다르구나."

그러더니 시종을 불러 자그마한 상자 하나를 가져오게 하였다. 상자 속에서 거울 하나와 옥가락지 한 쌍을 꺼내 며느리에게 주며 말하였다.

"이 물건들이 변변치 않지만 우리 집 대대로 내려오는 보물이다. 내 지금 너를 보니 맑기가 거울 같고 덕이 옥 같구나. 이것으로 내 정을 표하고자 한다."

사 씨가 일어나 다시 절하고 두 손으로 공손히 받았다.

이날부터 사 씨는 시아버지와 시고모를 효성으로 받들고 남편을 공경하며 정성으로 조상의 제사를 받들고 지혜롭게 아랫사람들을 부리니 집안이 늘 화목하고 즐거운 기운이 넘쳐났다.

사 씨가 살림을 맡아본 지 한 해 지난 어느 날, 갑자기 유현이 병이 들어 자리에 눕더니 나날이 병세가 깊어 갔다. 유연수와 사 씨가 밤낮으로 병을 고치려고 노력하였으나 어떤 약을 써도 차도가 없었다. 유현은 아무래도 자신이 일어나지 못할 것을 깨닫고 어느 날 두씨 부인 앞에서 유언하였다.

"내 아무래도 얼마 살지 못할 것 같으니 누이는 너무 슬퍼 말고 몸을 소중히 하며 집안일을 맡아 그릇됨이 없도록 잘 돌봐 주게."

또 아들의 손을 잡고는 당부하였다.

"너는 늘 집안일을 부부가 서로 의논할 것이며, 고모 가르침을 이 아비 말같이 여겨 언제나 잘 들어라. 그리고 학문에 더욱 힘쓰고 나라에 충성을 다하여 가문의 명예를 더럽히지 말거라."

다음은 사 씨를 가까이 불렀다.

"네 어진 덕행은 내 이미 깊이 알고 있으니 더 무엇을 부탁하겠느냐."

세 사람이 눈물을 흘리며 다만 얼마라도 더 살아 주기를 안타까이 바랐으나 그날 밤 유현은 마침내 세상을 뜨고 말았다. 한림* 부부는 하늘

---

* 유연수의 벼슬이 한림학사이므로 한림이라 불렀다.

을 우러러 슬피 통곡하고 두씨 부인 또한 하나밖에 없는 친형제를 잃고 못내 애통해하는 가운데 장례를 치러 선산에 모셨다.

세월이 흘러 어느덧 부친의 삼년상*을 마치고 한림은 조정에 나아갔다. 나랏일에 힘을 기울여 간신들을 멀리하고 일마다 강직하게 처리하니 임금이 벼슬을 높이려고 하였다. 하지만 그때마다 승상 엄숭이 방해하여 여러 해가 지나도록 더 높은 자리에 오르지 못했다.

* 삼년상은 부모가 죽으면 자식이 상복을 입고 삼 년 동안 행동을 삼가며 명복을 비는 일.

어여쁜 새사람이 들어오다

유 한림 부부가 혼인한 지 어느덧 십 년이 지나 나이가 서른에 가까워졌다. 하지만 아직 자식이 없어 늘 이를 섭섭하게 여겼다.

하루는 사 씨가 탄식하며 남편 한림을 보고 가슴속에 품어 온 생각을 털어놓았다.

"제가 몸이 허약하여 아무래도 자식을 낳을 가망이 보이지 않습니다. 옛날부터 삼천 가지 불효 중에 자식 없는 것이 제일 크다고 하였고, 상공은 유씨 가문의 독자인데 저로 인해 대가 끊어질까 걱정됩니다. 인자하신 상공의 덕택으로 지금까지 행복하게 살아왔으나 제 죄는 우리 가문에 용납할 수 없는 것입니다.

제 걱정은 마시고 어진 여자를 골라 첩으로 삼고 귀한 아들을 하나 보시면 집안에 큰 경사이며 저도 조금이나마 죄를 덜 수 있을까 합니다."

한림이 그 말을 듣고 쓸쓸하게 웃더니 말했다.

"어찌 자식이 없다고 한탄하여 첩을 얻겠소. 첩이란 본디 집안의 화목을 깨뜨리는 화근인데 부인은 어찌 스스로 화를 부르려는 것이오.

24

이는 사리에 맞지 않으니 다시는 그런 말을 꺼내지 마시오."

"높은 지체 집안의 일처일첩은 옛날부터 있는 일이고, 또 제가 비록 모자라나 다른 부녀자들에게 흔히 있는 투기심 같은 것은 더럽다고 여기니 상공은 조금도 걱정하지 마십시오."

사 씨가 말하니 한림은 잠자코 앉아 있었다. 사 씨는 남모르게 매파를 불러 적절한 집안의 여자를 찾아봐 달라고 부탁하였다.

하루는 두씨 부인이 그 일을 알고 몹시 놀라 사 씨를 찾아와 물었다.

"네 남편을 위해 첩을 구한다고 하던데 사실이더냐?"

"그렇습니다."

두씨 부인이 얼굴빛을 흐리며 꾸짖는 듯 타이르는 듯 말하였다.

"집안에 첩을 두는 것은 재앙의 근원과 같네. 옛말에 '한 필 말에 두 안장 없고 한 밥그릇에 두 숟가락 없다'고 하였네. 남편이 첩을 얻으려 해도 그 잘못을 깨우쳐 주어야 맞거늘 네가 오히려 스스로 화를 불러들이니 어찌 된 일이냐? 내가 네 마음을 짐작 못하는 것은 아니나 그런 생각은 말거라."

"제가 이 집안에 들어온 지 벌써 십 년 세월이 흘렀으나 아직 자식이 없으니 옛 법으로 따지면 상공이 저를 버린다 하더라도 받아들여야 할 처지인데 어찌 첩을 꺼리겠습니까."

그 말을 듣고 두씨 부인은 사 씨를 위로하며 말했다.

"자식을 낳는 것은 이를 수도 있고 늦을 수도 있는 일이다. 우리 두씨 집안에도 서른이 넘어서 자식을 보기 시작하여 아들 다섯을 낳은 일이 있으며 마흔이 지나 비로소 첫아이를 낳은 이도 세상에 많더구나. 네 나이 아직 서른이 멀었으니 벌써부터 너무 걱정하지 말아라."

"제가 기질이 허약하여 자식을 낳을 가망이 없어 보입니다. 제가 비록 높은 덕을 지닌 것은 아니지만 평범한 부녀자들의 투기심은 보이지 않겠습니다."

두씨 부인이 크게 웃더니 차근차근 사 씨를 타일렀다.

"질투하지 않는 부인은 옛날에도 있었다. 그것은 남편의 은정과 사랑이 처와 첩을 대하는 것에 치우침이 없기 때문이었다. 만일 남편에게 덕이 없다면 부인도 첩을 보며 원망이 없겠느냐. 한갓 투기하지 않는 것으로 첩을 얻는 옛일을 따르려 하니, 화를 면치 못할까 걱정스럽구나. 부디 깊이 생각하거라."

"제가 비록 변변치 못하나 시기와 질투를 일삼는 잘못을 저지르지 않겠습니다. 또한 만일 한림께서 자신을 돌보지 않고 색에만 빠지면 제가 정성을 다해 간언하겠습니다."

두씨 부인이 더는 말리지 못할 줄 알고 거듭 당부하였다.

"앞으로 들어올 새사람이 어질고 순한 여자거나 내 조카가 네 말을 잘 들으면 모르겠지만 만일 새사람이 좋은 사람이 아니고 조카의 마음이 한번 그쪽으로 기울면 다시 돌아오기 어려우니 내 말을 명심하거라."

그리고 또 한숨을 길게 쉬었다.

다음 날 매파가 사 씨를 찾아와 말했다.

"아씨가 구하는 사람에 비하면 지나치게 넘칠 듯한 소저가 있사옵니다."

"그게 무슨 말인가?

"아씨가 구하는 사람은 덕이 있고 아이만 낳아 주면 그만이라고 하셨는데, 이 소저는 인물 또한 뛰어나서 아마 아씨 뜻에 맞지 않을 것 같습니다."

사 씨가 웃음을 머금고 말하였다.

"내 비위를 맞추려 말고 자세히 말해 보게."

매파는 소저의 내력을 낱낱이 이야기하였다.

"그 소저의 성은 교씨요, 이름은 채란이라 하며 하간 땅에서 나고 자란 여자로, 본디 벼슬하던 집 딸이오나 일찍 부모를 여의고 형 집에서 살고 있습니다. 지금 나이는 열여섯으로 자기 스스로 가난한 선비 아내가 되느니 벼슬 높고 부귀한 집 첩이 되는 것이 소원이라 말한답니다. 자색의 아름다움은 고을에서 으뜸이고 바느질과 수 놓는 일, 길쌈 같은 일에서도 막힘이 없습니다. 아씨가 상공을 위해 첩을 구하신다면 이보다 나은 이가 없을 듯싶습니다."

사 씨가 그 말에 대단히 기뻐하였다.

"벼슬하던 집 딸이라면 품성과 행실도 갖추었을 것이니 내 원하는 바에 알맞네. 내 상공께 말해 보겠네."

이어 한림에게 매파가 하던 말을 하나하나 전하면서 교 소저를 데려

올 것을 권하니 한림도 마지못해 승낙하였다.

"내가 첩을 두는 것이 탐탁치 않으나 부인의 호의를 저버리기 어려우
니 곧 날을 받아 데려오리다."

이리하여 교 씨를 맞이하는 날이 왔다. 친척들이 다 모인 가운데 교
씨는 두씨 부인과 한림, 사씨 부인에게 절을 하고 자리에 앉았다. 화사
하고 고운 얼굴에 민첩한 몸가짐은 마치 해당화 한 송이가 아침 이슬을
머금고 바람에 나부끼는 듯하여 사람들이 모두 칭찬하였으나, 두씨 부
인만은 입을 다물고 전혀 기뻐하지 않았다.

이날 밤 교 씨를 화원 별당에 머물게 하고 한림이 거기서 밤을 보내
는데 두 사람의 정이 매우 흡족하였다.

다음 날 두씨 부인이 사 씨와 더불어 이런저런 이야기를 하다가 문득
교 씨를 본 인상을 말하였다.

"기왕 첩을 구하려면 순하고 착실한 사람을 구했어야 하는데 저렇게
예쁘게만 생긴 여자를 데려왔으니 어쩌누. 아마 성품이 교활하여 네
게 해로울 뿐 아니라 유씨 가문에도 화가 미칠까 싶다."

"옛사람 가운데 고운 얼굴에 환한 웃음과 착한 덕을 두루 갖춘 이도
있으니 어찌 어여쁜 사람이라고 하여 다 어질지 않겠습니까?"

마음씨 고운 사 씨의 침착한 대답에 두씨 부인은 웃고 말았다.

한림이 교 씨가 사는 집 이름을 아들을 많이 둔다는 뜻으로 '백자당'
이라 하고 시종 납매를 비롯한 네다섯 명에게 시중을 들게 하니 그들 모

두 교채란을 교 아씨라고 불렀다.

교 씨는 본디 총명하고 교활하여 갖은 수단과 교태로 한림의 뜻을 잘 맞추며 사씨 부인도 극진히 섬기니 온 집안이 입을 모아 교 씨를 칭찬하였다.

이런 가운데 반년이 채 안 되어 교 씨가 아이를 가졌다. 한림과 사씨 부인은 기다리던 일이었기에 못내 기뻐하였으나, 교 씨는 혹시나 아들을 낳지 못할까 봐 몹시 걱정하였다.

그러던 어느 날 교 씨가 점쟁이를 불러 점을 쳐 보니, 어떤 사람은 배 속의 아이가 아들이라고 하고, 어떤 사람은 딸이 분명하다 하며, 아들을 낳으면 수명이 길지 못하나 딸을 낳으면 장수하고 복을 누릴 거라는 둥 저마다 하는 말이 달랐다. 그래서 교 씨의 마음은 하루도 편할 날이 없었다.

이때 시종 납매가 교 씨의 마음을 알아채고 넌지시 귀띔을 하였다.

"이 동네에 십랑이라는 무당이 있는데, 본디 남쪽 사람으로 이곳에 와서 잠시 머물고 있는 중이라 합니다. 그런데 이 무당이 재주가 비상하여 모르는 것이 없다고 하니 한번 불러다 물으소서."

교 씨가 이 말을 듣고 귀가 솔깃하여 바로 십랑을 불러왔다.

"자네가 정말 배 속에 있는 아이가 아들인지 딸인지 분간할 수 있느냐?"

"재주가 변변치 못하나 안에 든 아이의 성별을 분간하는 방법이 있사오니 잠깐 맥을 짚어 보겠습니다."

이에 교 씨가 소매를 걷고 맥을 짚으라고 하니 십랑이 교 씨의 맥을 짚어 보고는 말하였다.

"이는 분명히 딸을 낳을 맥입니다."

교 씨가 몹시 실망하여 한탄했다.

"상공이 나를 데려온 것은 오직 아들을 보기 위해서인데 딸을 낳으면 낳지 아니한 것만 못하니 이 일을 앞으로 어찌한단 말이냐."

십랑은 교 씨에게 은밀히 말했다.

"제가 일찍이 산속에 들어가 도사에게서 배 속에 든 여자애를 남자애로 바꾸는 술법을 배워 여러 사람에게 시험해 보니 백발백중이었습니다. 댁에서도 아들을 원하시거든 이 방법을 한번 시험해 보시면 어떻겠습니까?"

교 씨는 몹시 기뻐서 십랑에게 바싹 다가앉으며 말하였다.

"그러한 방법이 성공만 하면 천금을 아끼지 아니하겠다."

그러자 십랑은 매우 어려운 부탁을 들어주듯 잠시 망설이더니 마침내 벼루와 종이를 가져다 달라고 청하였다. 이윽고 부적 여러 장을 쓰고 나서 기괴한 주문을 외우더니 교 씨의 머리맡 벽 위에 붙이기도 하고 또 자리 밑에 감추기도 하였다. 그러더니 교 씨에게 이다음에 찾아와 아들 낳은 경사를 축하드리겠다고 말했다.

세월은 물같이 흘러 어느덧 교 씨가 과연 아들을 낳았다. 한림과 사 씨의 기쁨은 말할 것 없고 시종들까지도 모두 하나같이 축하하였다. 오랫동안 기다리다 본 아들이기에 한림이 교 씨를 더욱 귀하게 대하고 사랑 또한 깊어 갔다. 한림은 아들을 손바닥 위의 구슬을 어루만지듯 극진히 사랑하여 이름을 장주라 짓고 백자당을 떠나는 날이 없었다.

사 씨 역시 장주를 제 몸에서 낳은 자식과 조금도 다름없이 사랑하니 집안사람들도 교 씨가 낳았는지 사 씨가 낳았는지 알지 못할 정도였다.

혀를 끊는 칼, 벙어리 만드는 약

때는 늦은 봄 한창 꽃이 피는 계절이었다. 동산에 온갖 꽃이 만발하고 봄 향기가 그윽하니 이 가지 저 가지에 벌과 나비가 찾아들어 아름다웠다.

하루는 한림이 조정에서 연 봄놀이에 들러 아직 돌아오지 않았고, 사씨 부인 혼자 책을 보는데 시종 춘방이 청했다.

"아씨, 화원 정자 앞에 모란꽃이 송이송이 활짝 피었사와요. 마침 상공도 아니 계시니 꽃구경 한번 나가시와요."

사씨 부인은 웃으며 책을 덮고 조용히 일어나 옷을 단장한 뒤 시종들과 더불어 꽃구경을 나섰다. 정자 앞에 이르니 버들가지는 휘늘어져 난간을 가리고 연못에서 꽃향기가 풍겨 고즈넉하였다. 이윽고 정자에 오른 사씨 부인은 차를 마시며 사방을 둘러보고 교 씨를 불러 봄 풍경을 함께 즐기고자 하였다.

이때 문득 바람결에 거문고 소리가 은은히 들려왔다. 이상하게 여긴 사 씨가 귀 기울여 들으니 거문고 소리가 어찌나 맑고 현란한지 사람의 마음을 흔들어 놓았다.

"참 이상하구나. 이 거문고는 누가 타는고?"

이에 춘방이 대답하였다.

"아씨, 거문고 소리가 교 아씨 방에서 나는 듯합니다."

사씨 부인은 그 말이 믿기지 않아 춘방을 보고 말했다.

"음률은 집안에서 여자가 즐기는 것이 아닌데 교 씨가 어찌 그럴 리가 있겠느냐. 너는 소리 나는 곳을 찾아가서 자세히 알아 오너라."

춘방이 거문고 소리를 따라가 보니 정말 백자당에서 들려왔다. 문밖에서 창틈으로 가만히 엿보니 교 씨가 잘 차려 놓은 음식상을 놓고 거문고를 둥당거리는데 웬 미인이 마주 앉아 노래를 부르고 있었다.

춘방이 곧 돌아와 사씨 부인에게 본 대로 이야기하니 부인이 놀라며 말하였다.

"교 씨가 어느 사이에 거문고를 배웠으며 또 노래를 부른다는 그 미인은 어떤 여자인가? 내 직접 불러 자세히 알아본 뒤 좋은 말로 타일러 앞으로 그런 일이 없도록 해야겠구나."

그리고 춘방에게 교 씨를 불러오라고 하였다.

한편 교 씨는 자신에게 기울고 있는 한림의 사랑을 모조리 독차지하려고 십랑의 꾀를 빌렸다.

"한림의 사랑을 독차지하려면 한 가지 좋은 방법이 있습니다. 거문고와 노랫가락은 대체로 장부의 마음을 혹하게 하는 것이니 거문고를 잘 타는 사람을 구하여 음률을 배우는 것이 어떻겠습니까?"

교 씨는 그 말에 입이 발쪽해졌다.*

"안 그래도 그런 마음이 있었지만 가르침을 줄 사람이 없어 안타까웠구나."

"제가 오래전부터 알고 지낸 가랑이라는 동무가 있습니다. 노래하고 거문고 타기를 잘하니 그에게 배워 보시는 것이 어떻습니까?"

교 씨가 기뻐하며 사람을 보내 가랑을 불러오게 했다.

본디 가랑은 온갖 노랫가락을 알고 거문고 타는 데 자신이 있는지라 교 씨의 부름을 받고 몹시 기뻐하였다. 교 씨가 가랑을 스승으로 삼고 가곡을 배우는데, 본디 총명하여 배우기 시작한 지 두어 달도 못 되는 사이에 음률이라면 옛것과 요즘 것 두루 모를 것이 없게 되었다.

교 씨는 가랑을 작은방에 숨겨 두고 한림이 조정에 가서 없을 때면 그를 청해 음률을 배우고 한림이 집에 있으면 가랑에게 배운 노래와 거문고로 마음을 사로잡으니, 한림은 자연스레 사씨 부인 방에 발길이 뜸해졌다.

한림이 집에 없던 이날도 교 씨는 가랑을 청해다가 술잔을 주고받으며 거문고와 노래로 서로 화답하고 있었다. 갑자기 춘방이 찾아와 사씨 부인의 부름을 전하였다.

교 씨가 바삐 술상을 치우고 춘방을 따라 화원 정자에 이르니, 사씨

---

* '발쪽하다'는 이가 드러나 보일 듯 말 듯 입을 벌려 소리 없이 웃는다는 뜻.

부인이 좋은 얼굴로 교 씨에게 자리를 주어 앉히고는 물었다.

"방에서 같이 놀고 있다는 그 미인은 누구인가?"

"제 사촌 아우입니다."

교 씨의 대답을 들은 사씨 부인은 신중하게 타일렀다.

"여자의 행실은 출가하면 시부모를 모시고 남편을 섬기는 게 마땅하거늘, 오히려 여자가 음률을 좋아하고 노래로 날을 보내면 집안의 법도가 자연스레 문란해지네. 그대는 깊이 생각하여 두 번 다시 그런 일이 없게 하고 아우를 제집으로 보내도록 하게."

교 씨가 아무 대꾸도 못 하다가 가책을 느끼는 듯한 얼굴을 들었다.

"제가 배운 것이 적고 본 것도 없어 제 잘못을 알지 못했습니다. 아씨의 말씀이 모두 옳습니다. 앞으로 그런 일이 없도록 하겠습니다."

사씨 부인이 교 씨의 뉘우침을 듣고 거듭 위로하며 말하였다.

"내가 그대를 사랑하여 마음을 숨기지 않고 다 말한 것이네. 나중에 그대도 혹시 내 잘못이 눈에 띄거든 내게 깨우쳐 주게."

그러고는 교 씨와 더불어 이런저런 이야기를 나누다가 날이 저물어서야 헤어졌다.

이날 밤, 한림이 늦게야 백자당으로 돌아왔다. 술이 얼근히 취하여 잠을 이루지 못하고 난간에 기대 봄 경치를 바라보는데 달빛은 대낮같이 밝고 꽃향기는 무르녹아 취흥이 일었다. 분위기에 취해 교 씨에게 노래를 부르라 말하니, 교 씨가 할긋 눈을 흘기며 돌아앉아 사양하였다.

"바람이 차서 그런지 몸이 편치 않아 못 부르겠습니다."

한림이 교 씨를 나무랐다.

"아내는 남편이 죽을 일을 하라고 해도 어기지 않아야 하거늘 하물며 네 병을 핑계로 거절하니 이 어찌 아내 된 도리란 말인가?"

교 씨는 이때다 싶어 사씨 부인 이야기를 슬며시 터뜨렸다.

"제가 아까 심심하여 노래 한 곡 불렀더니 부인이 듣고 저를 불러 '네가 해괴한 노래로 집안을 소란케 하고 상공을 유혹하니 앞으로 노래를 부르면 그냥 두지 않겠다. 내게는 혀를 끊는 칼도 있고 벙어리 만드는 약도 있으니 알아서 조심하거라'라며 꾸짖으셨습니다.

제가 가난한 집 자식으로 상공의 은혜를 입어 부귀영화를 이같이 누리게 되었으니 비록 죽어도 한이 없으나 저 때문에 상공의 이름이 더러워지면 어찌합니까?"

한림이 크게 놀라 속으로 생각하였다.

'사 씨가 늘 말하기를 투기하지 않겠다 하였고, 또 앞에서 교 씨를 잘 대하여 이런 일이 없었는데, 교 씨의 말을 들어 보니 심상치 않구나.'

그리고 교 씨를 위로하였다.

"내가 너를 맞이한 것도 부인이 권해서였고, 이날 이때까지 부인이 너를 따뜻하게 대하고 얼굴 한번 붉히는 일을 보지 못했다. 이는 아마 아랫사람들이 지어낸 말일 테다. 부인이 본디 성품이 유순하여 결코 너에게 해로운 일을 아니 할 것이니 걱정 말고 안심하여라."

교 씨는 한림의 말에 속으로는 앙심을 품었으나 겉으로는 참는 수밖에 없었다.

교 씨는 애교 있는 말과 아리따운 빛으로 겉으로는 몹시 공손하니 사
씨 부인이 교 씨의 악한 속마음을 알 리가 없었다. 음탕한 노래가 한림
의 정신을 흐릴까 걱정하여 진심으로 타이른 것이지 투기한 것은 아니
었다. 교 씨는 사 씨에게 앙심을 품은 말을 지어내어 집안의 불화를 일
으키고자 하니, 옛말에 '범을 그릴 때 뼈를 그리기 어렵고, 사람을 사귈
때는 속마음을 알기 어렵다'고 하였다.

하루는 교 씨의 시종 납매가 사씨 부인의 시종들과 같이 놀다가 들어
오더니 교 씨에게 말했다.

"시방 추향에게 들으니 사 아씨께 태기가 있는 듯하다 하더이다."

교 씨가 그 말에 깜짝 놀랐다.

"혼인한 지 십 년이 지나 아이를 가지는 것은 참으로 드문 일인데, 혹
시 잘못 알고 소문난 게 아닐꼬?"

교 씨는 겉으로는 아무렇지도 않은 체하나 가슴은 후두두 뛰었다.

'사 씨가 아들을 낳으면 나는 개밥에 도토리 신세가 될 텐데 이 일을
어찌하나.'

교 씨가 속을 태우고 지내는데, 날이 지날수록 사씨 부인의 태기가
확실해졌다. 온 집안이 모두 기뻐하였으나 교 씨만은 시기하는 마음을
참지 못하여 납매와 둘이 짜고 사씨 부인이 먹는 약에 아이를 떨어뜨리
는 약을 몰래 타 넣었다. 그러나 하늘의 도움인지 부인이 그 약만 마시

면 구역질이 나서 토해 버려 교 씨는 어찌할 도리가 없었다.

이러구러 사씨 부인이 만삭이 되어 아들을 낳았다. 아이의 골격과 기운이 빼어나 한림은 몹시 대견하게 여기며 이름을 인아라고 하였다. 기운이 약한 교 씨의 아들 장주와 달리 인아는 씩씩하였다. 이에 한림이 어린 인아를 더욱 사랑하였다.

한번은 한림이 밖에서 돌아오다가 두 아이가 함께 노는 것을 보고 인아를 먼저 품에 안았다.

"이 아이는 이마가 할아버지를 닮았으니 앞으로 반드시 우리 가문을 빛나게 할 것이다."

그리고는 안방으로 들어갔다. 이를 본 장주의 유모가 교 씨에게 달려가 고자질하였다.

"상공께서 인아 아기씨만 안아 주고 장주 아기씨는 보지도 아니하더이다."

장주의 유모는 훌쩍거리며 눈물을 흘렸다.

교 씨는 길게 한숨을 쉬더니 분한 듯 혼자서 종알거렸다.

"내 인물과 자질이 모두 사 씨에게 미치지 못하고 더욱이 정실부인과 첩의 차이가 하늘과 땅인데, 내게는 아들이 있고 사 씨에게는 없어 지금껏 내가 상공의 사랑을 독차지해 왔다. 허나 지금은 저도 아들을 낳았으니 그 아들 인아가 당연히 이 집 주인이 될 터이고, 내 아들 장주는 천대 받으리라.

사씨 부인이 아무리 좋은 얼굴로 나를 대하나 속은 알 수 없으니 만일 부인이 나를 모함하여 상공의 마음이라도 변한다면 내 앞날이 어찌 될까?"

교 씨는 서둘러 십랑을 불러왔다. 십랑은 본디 천하에 몹쓸 간사하고 악한 사람인 데다가 더욱이 교 씨한테 금품을 많이 받았는지라 심복이 되어 교 씨를 도와 갖은 못된 꾀를 부렸다.

간악한 문객

하루는 한림이 조정에서 일을 마치고 집에 돌아오니 이부 낭중*으로
있는 석 씨에게 편지 한 장이 와 있었다. 편지의 내용은 다음과 같았다.

이 편지를 가지고 가는 동청이란 사람은 고향이 소주로 재주가 있는
선비지만 일찍 부모를 여읜 후 과거도 보지 못하고 혼자 몸으로 이리저
리 떠돌아다니는 신세였습니다. 어떤 인연으로 제 집에서 얼마간 숙식을
하였으나 뜻밖에 제가 곧 먼 고장으로 벼슬살이를 나가게 되었습니다.
마침 한림에서 서사*로 알맞은 사람을 구하신다고 들었습니다. 동청은
행동거지가 민첩하고 글씨도 명필이니 한번 시험이나 해 보십시오.

동청은 본디 양반집 자식이나 일찍 부모를 잃고 이리저리 떠돌아다
니며 불량배들과 어울려 술과 도박을 일삼다가 재산을 탕진하였다. 생
계가 막막해지자 고향을 떠나 떠돌면서 권세 있는 집들에 몸을 기대었

* 이부 낭중은 정5품 정도의 벼슬로 임금의 조서를 맡아보던 벼슬.
* 서사(書士)는 대신하여 글이나 글씨를 쓰는 일을 하는 사람.

다. 본디 인물이 잘나고 말솜씨가 좋은 데다 글씨까지 잘 쓰므로 처음에는 누구에게나 귀염을 받았다. 그러나 조금만 지나면 그 집 자제를 유인하고 다음은 그 집 처와 첩까지 꾀어내어 쫓겨나게 되니 어디를 가든 용납되지 못할 건달이었다.

석 낭중도 그 인물의 악함을 알았으나 이번에 먼 고장으로 옮기게 되자 구태여 흠을 드러낼 필요가 없으므로 좋은 말로 한림에게 소개한 것이다.

한림이 그때 마침 문서를 맡아볼 서사를 구하던 터라 석 낭중의 편지를 보고 동청을 불러들여 보니 사람됨이 영민하고 사람 대하는 데 막힘이 없기에 마음에 들어 집에 두고 서사 일을 맡겼다.

동청이 글씨만 잘 쓰는 것이 아니라 성질이 교활하고 약삭빨라 무슨 일에나 주인의 뜻을 잘 맞추니, 곧 한림이 굳게 믿고 무슨 일이든 동청의 말대로 하였다.

하루는 사씨 부인이 보다 못해 남편에게 청하였다.

"제가 듣기에 동청이란 사람이 정직하지 못하다 합니다. 그전에 있던 곳에서도 못된 짓을 많이 하다가 들키자 도망쳐 나와 갈 곳이 없던 사람이라고 하니 우리 집에 오래 둘 수 없지 않겠습니까. 어서 내보내소서."

"나도 이미 그런 말을 들었으나 사실인지 모르는 일이오. 게다가 그에게 글 쓰는 일이나 시킬 뿐이지 가까이 지내는 것은 아니니 그의 성품은 상관없지 않소."

사 씨가 안타까워하며 말하였다.

"상공이 그 사람과 친구 사이는 아니지만 동청과 같은 사람을 곁에 두면 집안이 시끄러워지고 돌아가신 아버님께서 세우신 가문을 더럽힐까 두렵습니다."

"부인의 말도 일리는 있으나, 사람들이란 남을 비방하기 좋아하니 내 조금 더 두고 보아 잘 조처하겠소. 부인은 더 이상 걱정 말고 집안 식구나 잘 돌보시오."

부인은 한림이 조금 이상하다는 느낌이 들었으나 교 씨가 자신을 헐뜯어 한림이 자신을 의심하고 있는 줄을 미처 몰랐다.

한림은 무슨 일이든 자신의 뜻에 맞추어 일을 미끈하게 해 두는 동청이 마음에 들어 사씨 부인이 근심하던 말을 잊고 어떤 일이든 거리낌 없이 동청에게 맡겼다.

옥가락지가 사라졌으니

교 씨는 사씨 부인을 시기하여 여러 번 없는 일을 꾸며 한림에게 하소연하였으나 한림은 모른 체하였다. 그러자 교 씨는 다시 십랑을 불러다가 사씨 부인을 해칠 계략을 물었다. 십랑은 사씨 부인을 모함할 방법을 한참 생각하더니 교 씨 귀에 대고 이리이리하면 어찌 사 씨 하나를 없애지 못하겠느냐고 장담하였다. 교 씨는 십랑의 말이 그럴듯하여 실행을 재촉했다.

십랑이 곧 사람을 닮은 요망한 인형을 만들어 집 둘레 사방에 묻고 교 씨의 심복 납매를 불러 이리이리하라고 말하니 교 씨와 십랑, 납매밖에는 이 일을 아는 사람이 없었다.

하루는 한림이 조정에 들어갔다가 여러 날 만에 집으로 돌아오니, 장주가 병에 걸려 심하게 앓고 있어 모두 근심에 싸여 있었다. 한림이 놀라 급히 백자당으로 가니 교 씨가 한림을 보자마자 울음을 터뜨리며 말했다.

"장주가 갑자기 병이 들어 저렇게 앓으니 심상치가 않습니다. 병세를 보니 체증이나 감기와 같은 병이 아니라 집안에 누가 귀신에게 빌어 저주하고 있는 듯합니다."

한림이 교 씨를 위로하고 장주를 보니 헛소리를 하고 정신을 잃어 매우 위태로운 병세였다. 곧 약을 지어다가 달여 먹였으나 조금도 차도가 없었고, 교 씨는 울음을 그칠 줄을 몰랐다.

하루는 남매가 부엌에서 설거지를 하다가 종이로 싼 이상한 물건을 보았다며 한림과 교 씨 앞에 내놓았다. 한림은 그 물건을 보고 얼굴이 흙빛이 되어 가만히 앉아 있고, 교 씨는 갑자기 훌쩍거리며 푸념하였다.

"내가 열여섯 어린 몸으로 이 집에 들어와 이날 이때까지 누구와도 원수진 일이 없는데 누가 우리 모자를 이토록 해치려 하는가?"

한림이 그 물건을 다시 펼쳐 볼 뿐 한마디도 하지 않으니 교 씨가 또 물었다.

"상공은 이 일을 어찌 처리하시렵니까?"

교 씨가 따지고 들이대도 한림은 여전히 잠자코 앉아 있다가 마침내 입을 열었다.

"이 일이 큰 악행이기는 하나 집안에 이런 일을 할 만한 사람이 없으니 누구를 의심하겠는가. 이런 괴상한 물건은 불살라 없애는 것이 옳을 듯하네."

교 씨는 한림의 말을 듣더니 무엇을 생각했는지 갑자기 태도가 달라졌다.

"상공의 말씀이 백번 옳으십니다."

한림은 납매를 시켜 뜰에서 그 인형을 태워 버리고 이 일을 절대로 입 밖에 내지 못하게 하였다.

한림이 나간 뒤 납매가 교 씨에게 물었다.

"아씨, 어찌 상공의 의심을 돋우지 않으시고 일을 마무리하십니까?"

"상공이 사 씨를 의심하게 하면 됐다. 너무 급하게 서둘다가는 오히려 우리에게 해로울 것이다. 상공의 마음이 이미 흔들린 것 같으니 이제 두고 보자."

이즈음 요망한 교 씨는 동청과 거리낌 없이 정을 통하고 있었다. 그야말로 패륜으로 이어진 한 쌍의 요물이었다. 동청은 백자당과 담 하나를 사이에 두고 거처하고 있었다. 한림이 교 씨에게 들르지 않는 날은 교 씨가 동청을 불러 자곤 하였고 이 일은 납매 외에는 아무도 몰랐다.

인형을 싼 종이에 쓴 글씨도 교 씨가 동청을 시켜 사씨 부인의 필적을 본떠서 쓴 것이었다. 한림이 보기에 종이의 글씨가 사씨 부인의 글씨라 일을 캐내면 난처한 사정에 부딪힐 듯하여 서둘러 불살라 버리라 하였으나 속으로는 생각이 많았다.

'지난날 교 씨가 부인이 투기한다는 말을 할 때에도 믿지 않았는데 이런 짓까지 할 줄은 몰랐구나. 당초에 자식이 없는 것을 스스로 미안히 여겨 내게 주선하여 맞아들인 첩인데, 이제 자기가 아들을 낳으니 이처럼 악독한 방법을 쓰는구나. 밖으로는 인정을 베푸는 척하고 속으로는 이렇게 악하단 말인가!'

그 뒤로 한림은 사씨 부인을 예전처럼 정답게 대하지 않았다.

한림의 총명한 머리가 점차 흐려져 사물을 제대로 판단하지 못하게 되었으니 안타깝구나. 사씨 부인의 높은 덕행이 옛 성인 못지 않으나 교 씨 같은 요물이 들어와 집안을 어지럽히니 어찌 안타깝지 않겠는가.

이때 마침 사 급사 집에서 사 씨의 어머니 병이 위중하여 죽기 전에 딸을 한번 보고 싶다는 편지가 왔다. 사씨 부인은 몹시 놀라 한림에게 말하였다.

"어머니 병환이 위중하시다니 지금 뵙지 못하면 평생의 한이 될 것이옵니다. 친정에 다녀오겠습니다."

"장모님의 병이 위중하시다니 진작 가서 뵈었어야 하는데 말이오. 나도 틈을 내어 병문안을 가리다."

사씨 부인이 교 씨를 불러 집안일을 부탁하고 길을 떠났다. 인아를 데리고 친정인 신성현에 도착하니 모녀가 오래간만에 만나 기쁨이 끝이 없었다. 하지만 어머니 병세가 위중해 병구완을 하느라 바로 집으로 돌아가지 못하고 어느새 몇 달이 지났다.

한림은 신성현 처가에 자주 다녀오곤 하였기에 이번에도 사 씨를 먼저 보낸 뒤 자신도 곧 따라가려고 하였다. 그런데 이때 산동과 산서, 하남 고장 일대에 흉년이 들어 백성들이 살길을 찾아 사방으로 흩어져 떠돌았다. 나라에서는 이를 근심하여 능력 있는 신하 셋을 골라 그 일대로 보내서 백성들의 형편을 살피도록 하였다. 한림이 그중 한 사람으로 뽑혀 산동으로 가게 되어 어쩔 수 없이 사씨 부인과 만나지 못한 채 길을 떠나게 되었다.

한림마저 집을 떠나자 교 씨는 동청과 더불어 아무런 거리낌 없이 부부같이 지냈다.

하루는 교 씨가 동청과 의논하였다.

"이제 상공이 멀리 나가 계시고 사 씨 또한 오랫동안 집을 비웠으니 지금이야말로 사 씨를 아주 없앨 수 있는 좋은 기회 아니오?"

"내게 방법이 있네. 이 방법을 쓰면 사 씨가 이 집에서 절대로 살지 못하게 될 것이네."

동청이 교 씨 귀에 대고 소곤거리자, 교 씨가 손뼉을 치며 기뻐했다.

"낭군의 계략은 정말 귀신도 짐작 못할 만큼 대단하구려. 그런데 이 일을 제대로 맡을 사람은 있소?"

"내게 냉진이라는 믿을 만한 친구가 있는데 재주가 좋고 눈치가 빨라 이 일을 맡길 만하네. 다만 사 씨가 아끼는 보물을 빼내야 하는데, 그 일이 쉽지 않을 게야."

동청의 말을 듣고 교 씨가 잠깐 생각하더니 말하였다.

"사 씨의 시종 설매가 납매의 동생이니 그년을 달래서 얻어 내리다."

그리고 납매를 불러 한동안 소곤거렸다.

납매가 조용한 때를 타서 설매에게 정답게 이야기하며 금은보화를 주고 사 씨가 보물을 두는 곳을 물었다.

"아씨가 보물을 두는 상자는 방 안에 있는데 열쇠가 있어야 하구려. 그런데 대체 그 물건을 어디다 쓰려고?"

"그런 건 구태여 묻지 말고 또 남에게 절대 말하지 마라. 말이 새어 나가면 우리 두 사람 다 살지 못해."

그리고 납매는 열쇠 꾸러미를 내주었다.

"이 중에서 맞는 열쇠를 골라 상자를 열고 그 안에서 상공도 늘 보고 아끼던 보물을 골라 꺼내 오너라."

설매가 곧바로 열쇠 꾸러미를 감추고 방에 들어가 조심스레 상자를 열고 옥가락지를 훔쳐 낸 뒤 전과 같이 상자를 잠그고 나와 교 씨에게 바치며 말했다.

"이 물건은 유씨 댁에 대대로 전해 내려오는 보물로 상공과 사씨 부인이 가장 중요하게 여기는 물건입니다."

교 씨는 옥가락지를 받아 쥐고 무척 기뻐하며 설매에게 상을 넉넉히 주었다.

그때 사씨 부인을 모시고 갔던 하인이 신성현에서 돌아와 사 씨 어머니의 부고를 전하며 그 집 형편을 말했다.

"아씨의 동생 사 공자가 아직 나이 어리고 다른 가까운 친척이 없어, 아씨가 주관하여 직접 초상을 치르시고 집안일을 돌봐 주어야 하기에 더 있다가 돌아오겠다고 하셨습니다."

교 씨가 그 말을 듣고 곧 신성현에 납매를 보내 극진히 조문하는 한편 동청에게 빨리 계략을 실행하라고 재촉하였다.

이즈음 한림은 산동 가까이 어느 주막에 있었다. 문득 웬 젊은이가 들어와 한림을 보더니 공손히 절을 하였다. 한림이 답례하고 젊은이를 바라보자 풍채가 훌륭하였다. 이름을 물으니 젊은이가 대답하였다.

"저는 남쪽 사람으로 냉진이라 합니다. 선생의 귀한 이름은 어찌 되십니까?"

한림이 자기 이름을 감추고 다른 이름을 대면서 이 고장의 상황과 민심을 물었다. 젊은이의 대답이 청산유수인지라 한림이 속으로 생각하였다.

'참으로 훌륭한 젊은이로다.'

한림이 그에게 물었다.

"자네 이제 어디로 가려는가? 그런데 남쪽 사람이라고 하더니 말씨는 서울 사람 같구나."

"저는 본디 외로운 신세라 뜬구름같이 여기저기 정처 없이 떠돌아다니다가 서울에서 여러 해 살았습니다. 그런데 올봄에 신성현에 내려가 반년을 지내고 이제 고향으로 가는 길입니다. 며칠이라도 동행을 할 수 있어 무척 반갑습니다."

"나도 마음이 울적하던 차에 오늘 그대를 만나니 참으로 다행이네."

두 사람은 술을 권하면서 취하도록 마시다가 하루 묵을 곳을 찾아 함께 갔다.

다음 날 아침에 한림이 우연히 그 사람의 속옷 고름에 옥가락지가 매달려 있는 것을 보았다. 아무래도 눈에 익숙한 것이라 눈여겨보니 역시 이상했다.

"내 마침 서역 사람을 만나 옥을 분별하는 법을 배웠는데 그대가 지닌 옥가락지가 보통 옥이 아닌 듯하네. 한번 구경해 봐도 되겠나?"

냉진은 옥가락지가 남의 눈에 띄도록 한 것을 뉘우치는 듯 한참 머뭇거리다가 풀어 한림에게 보여 주었다. 한림이 받아 보니 옥의 빛깔과 가락지에 새겨 넣은 문양이 분명 사 씨의 옥가락지와 같았다. 다시 보니 푸른 실로 동심결*이 맺어 있었다. 의심스러워 냉진에게 물었다.

"과연 세상에 드문 보배구나. 그런데 자네는 이것을 어디서 얻었는가?"

냉진은 일부러 슬픈 빛을 띠고는 아무 대답 없이 옥가락지를 도로 거두어 속옷 고름에 찼다. 그러자 한림은 더욱 궁금하여 다시 묻지 않을 수 없었다.

"그 옥가락지에 사연이 있는 것 같은데 내게 이야기한들 뭐 어떻겠나?"

그래도 냉진은 주저하는 듯 한참 동안 말이 없다가 마지못해 대답했다.

"북쪽 고장에 있을 때 아는 사람이 준 것입니다. 형이 구태여 그걸 알아 무엇 하겠습니까?"

한림은 더욱 의심스러웠다. 옥가락지도 분명 사 씨의 것이요, 또 이 사람이 신성현에서 왔다고 하니 혹시 시종들이 훔쳐서 이 사람에게 판

* 동심결은 사랑하는 남녀가 헤어질 때 주고받는 것으로, 풀 수 없도록 단단히 매는 매듭.

것이 아닐까 싶었다. 그 사실을 자세히 캐 보자고 생각하여 일부러 냉진과 여러 날을 같이 가기로 하였다. 그리하여 자연스럽게 그와 친해지자 옥가락지에 얽힌 사연을 넌지시 다시 물었다.

"우린 이제 가까운 사이라 생각하는데, 자네가 옥가락지에 동심결 맺은 것을 말하기 싫어하니 어찌 친구라 할 수 있는가?"

냉진은 주저하더니 마침내 결심한 듯 말하였다.

"그동안 형과 정이 깊어졌으니 무슨 이야기인들 못 하겠습니까? 다만 저와 정을 나눈 여자에 관련된 일인지라 쑥스러워 그렇습니다."

"그토록 깊게 정을 나눈 사람이 있으면 함께 살지 않고 어찌 남쪽으로 가는가?"

"이처럼 아름다운 인연은 두 번 다시 오지 않을 것이나 조물주가 시기하여 다시 만날 수 없게 되었습니다. 옛글에 '구중궁궐에 그리운 님 들어가니 깊은 바다에 들어간 듯, 애끊는 내 마음 문밖에서 서성이는구나'라고 하더니 꼭 저를 말하는 것 같습니다."

냉진이 슬픈 빛을 띠며 말하니, 한림이 그를 위로하였다.

"그대는 참으로 정이 깊은 사람이구나."

두 사람이 종일 술을 마시고 한가롭게 이야기를 나누다가 다음 날 아침 각자 갈 길로 떠나갔다.

한림이 냉진과 헤어져 산동으로 향하면서도 옥가락지 생각에 마음이 몹시 번거로웠다.

'부인의 옥가락지가 어찌하여 다른 사람 손에 들어갔을까? 도무지 모

를 일이구나. 혹시 시종들이 훔쳐 낸 것일까?'

한림은 천 가지 생각과 만 가지 걱정으로 하루도 마음 편할 날이 없었다.

그럭저럭 반년이 지나 한림이 나랏일을 마치고 서울로 돌아오니 사씨 부인도 집에 돌아온 지 이미 오래였다. 한림은 사 씨와 눈물을 흘리며 장모가 돌아가신 것을 슬퍼하였다.

그날 밤 사 씨와 둘이 있을 때 한림은 문득 냉진의 옥가락지가 생각나 부인에게 물었다.

"부인, 혼인날 아버님께서 주신 옥가락지를 어디 두셨소?"

"보물을 두는 상자에 소중히 간직하였는데 어쩐 일로 물으십니까?"

"좀 이상한 일이 있으니 지금 보고 싶소."

사씨 부인 또한 이상한 생각이 들어 곧 시종에게 상자를 가져오라 하여 열어 보니 다른 보물은 다 그대로 있으나 옥가락지만은 없었다.

사 씨는 깜짝 놀랐다.

"분명히 여기 두었는데 왜 없을까?"

한림은 갑자기 얼굴빛이 바뀌며 말이 없었다.

"옥가락지가 어디 있는지 상공은 아십니까?"

사씨 부인이 물으니, 한림이 와락 화를 냈다.

"부인이 남에게 주고 도리어 나에게 묻는 것이오?"

사씨 부인은 마른하늘에 날벼락이라 분하고 부끄러워 미처 할 말을

찾지 못하였다.

이때 시종이 들어와 알렸다.

"마님이 오셨습니다."

한림이 허둥지둥 일어나 고모를 맞아들이며 절하니, 두씨 부인은 조카가 먼 곳에 무사히 다녀온 것을 매우 기뻐하였다. 한림이 고모에게 말하였다.

"집안에 큰 변이 생겨 마침 말씀드리러 가려던 참이었습니다."

두씨 부인은 한림과 사 씨의 무거운 얼굴빛을 보고 이상히 여기던 중 한림의 말을 듣자 놀라서 물었다.

"무슨 일인가?"

한림이 길에서 냉진을 만나 옥가락지를 본 사연을 대강 이야기하고서 다시 말을 이었다.

"그 일이 참으로 괴이하여 집에 돌아와 옥가락지를 찾으니 과연 없었습니다. 이 일은 우리 집안의 큰 재앙인데 이 일을 어떻게 처리하면 좋겠습니까?"

사 씨는 혼이 나가고 억장이 무너져 한동안 눈물만 흘리다가 한림을 향하여 하소연하였다.

"제가 그동안 집안에 잘한 것이 없어 떳떳하지 못하다 할지라도 상공이 이처럼 의심하시다니, 제 생사는 상공 마음대로 하십시오. 옛말에 이르기를 '군자는 남을 헐뜯어 죄를 꾸며 내는 말을 믿지 말고 그 말을 하는 사람을 범에게 던지라' 했으니 부디 깊이 살펴 제 억울함을 풀어 주시길 바랄 뿐입니다."

두씨 부인이 사 씨의 하소연을 다 듣더니 대단히 노하여 한림을 꾸 짖었다.

"네 총명함을 아버지와 견주면 어떠하냐?"

"제가 어찌 감히 선친에 비할 수 있겠습니까."

"돌아가신 네 아버지는 사물을 옳게 보는 분별력이 있고 또 세상일을 모르는 것 없이 지낸 분이었는데 매번 네 아내를 칭찬하기를, 우리 며느리는 천하에 없는 기특한 사람이라 하였다.

또한 병석에서 너를 내게 부탁할 때도 연수가 아직 나이 어리니 두루 가르쳐 그릇된 길로 빠지지 않게 하라고 하면서도, 며느리에게는 아무것도 경계할 일이 없다고 하셨으니, 이는 네 아버지가 네 아내의 어진 행실과 정숙함을 이미 알고 계셨기 때문이다.

그렇지 않다 하더라도 네 안목이 총명하다면 짐작할 수 있거늘 하물며 선친의 사람 보는 눈을 의심하고 지조 높은 네 아내에게 오히려 이 같은 누명을 씌우고 옥같이 맑은 아내를 의심하느냐? 이는 반드시 집안에 몹쓸 자가 있어 네 아내를 모함하는 것이거나, 시종들 중에 악한 자가 있어 훔쳐 낸 것이다. 어찌 죄를 따져 물어 몹쓸 자를 찾아 볼 생각은 아니하고 부인만 의심하느냐?"

"고모님 말씀이 참으로 옳습니다."

한림이 곧장 형장을 갖추어 시종들을 차례로 불러내어 엄한 형벌로 죄를 따져 물었다. 다른 시종들은 죽어도 모른다고 뻗대고, 설매는 바른대로 털어놓으면 죽을까 봐 겁이 나 절대 입을 열지 않으니 옥가락지의 행방은 결국 알 길이 없었다.

두씨 부인이 어쩔 수 없이 돌아가고 나니 억울한 누명을 벗지 못한 사 씨는 죄인을 자처하는 수밖에 없었다. 한림이 예전부터 들은 이야기가 있어 의심을 좀처럼 풀지 못하니, 교 씨는 속으로 기뻐하였다.

옥가락지의 내막을 전혀 알 길이 없는 한림이 그날 저녁에 교 씨에게 사 씨의 일을 의논하니 교 씨가 그럴듯하게 말하였다.

"고모님의 말씀이 옳은 듯하나 공평하지 못합니다. 사씨 부인만 칭찬하시고 상공을 못 미더워하시니 상공의 체면이 어찌 됩니까? 또 옛 성인도 사람들에게 속은 일이 많습니다. 아버님께서 현명하셨으나 사씨 부인이 들어온 지 그리 오래지 아니하여 돌아가셨으니 어찌 사 씨 부인의 본심까지 아실 수 있었겠습니까?"

"사 씨가 평소 행실이 착하기에 나도 그런 일이 있으리라고는 꿈에도 생각 못 했는데 전에 한 번 의심스러운 것이 있었기에 생각이 많네. 전에 장주가 병이 났을 때 귀신을 불러온 글씨가 사 씨의 필적이었으나 무슨 이유가 있나 싶어 곧바로 불살라 버리고 그대에게도 아무런 말을 하지 않았네. 하지만 이번 일로 볼 때 이제 사 씨를 어찌 믿겠는가?"

"그러시다면 부인을 어찌 처리하시겠습니까?"

"아직 명백한 근거가 없으니 함부로 처리할 수 없고 또 아버님께서 극진히 사랑하신 며느리요, 고모님 역시 한사코 두둔하시니 나도 참 난처하네."

한림이 결정을 짓지 못하고 주저하니, 교 씨는 잠자코 대꾸가 없었다.

이 무렵 교 씨가 아이를 가져 열 달 만에 또 아들을 낳으니 한림이 매우 기뻐하여 이름을 봉주라 하고 매우 사랑하였다.

하루는 교 씨가 한림이 없는 틈을 타서 동청을 만나 의논하였다.

"전날에 쓴 꾀가 참으로 신통했소. 하지만 한림은 의심이 풀릴 때까지 기다릴 모양이니 도무지 안심할 수가 없소. 옛말에 '풀을 없애려면 뿌리를 뽑으라' 하였는데 뿌리가 그냥 남아 있으니 이를 어쩌면 좋겠소? 지금 사 씨가 두씨 부인과 함께 옥가락지 사건의 실마리를 찾는다고 하니 만일 이 일이 탄로 나면 큰일이오."

"두씨 부인이 반드시 온갖 수단을 다 쓸 테니 그대는 두씨 부인과 한림 사이를 계속 이간질하게."

교 씨는 매우 난감한 얼굴로 말했다.

"나도 그렇게 하고자 했으나 상공이 평소 두씨 부인을 부모같이 섬겨 부인의 말이라면 언제나 거스르지 못하고 하나같이 따르니 두 사람 사이를 갈라놓기는 어려울까 싶소."

"그러면 나도 당장은 꾀가 떠오르지 않으니 천천히 궁리해 보겠네."

그리고 동청은 일어나서 돌아갔다.

한편 두씨 부인은 사람을 시켜 옥가락지의 자취를 여러모로 알아보았으나 끝내 밝혀내지 못했다.

'아무래도 교 씨의 악한 꾀가 분명한데 그 실마리를 잡는 게 이렇게 어렵단 말인가?'

두씨 부인은 마음이 답답하여 밤이 되어도 편안히 잠을 이루지 못하였다.

이때 조정에서 두씨 부인의 아들 두억을 장사 땅 추관*으로 임명하였다. 두씨 부인은 아들을 따라 장사 땅으로 가게 되어 기쁘기도 하나 한편 외롭고 억울한 처지에 놓인 사 씨를 생각하니 좀처럼 마음이 놓이지 않았다.

두씨 부인이 장사로 떠나기 앞서 한림이 그들 모자를 불러 송별연을 베풀었다. 그 자리에 사 씨 얼굴이 보이지 않자 두씨 부인이 서운해하며 한림에게 물었다.

"네 아버지가 돌아가시고 너와 더불어 서로 의지하며 지냈는데 뜻밖에 이제 만 리 먼 곳으로 떠나게 되니 어찌 섭섭하지 않겠느냐. 네게 부탁할 말이 있으니 들어주겠느냐?"

한림이 앉음새를 바로 하고 꿇어앉아 말하였다.

"제가 비록 못난 조카이지만 어찌 고모님 말씀을 거역하겠습니까? 무슨 말씀이든 해 주십시오."

"다름이 아니라 내가 늘 말해 왔지만 네 아내의 덕은 해와 달처럼 변함없이 밝게 빛나는데 총명한 네 안목으로 그것을 깨닫지 못하는 것

---

* 추관은 법률과 관련된 일을 맡아보던 벼슬.

같아 한스럽구나. 내가 떠난 뒤에 또 무슨 일이 있더라도 너는 헛된 말에 귀 기울이지 말고 유혹에 빠지지 말 것이며 만일 흉한 일이 생기거든 편지로 내게 알려라. 경솔하게 처리해 놓고 나중에 뉘우치는 일이 없도록 삼가고 또 삼가거라.”

“고모님 말씀을 명심하여 조심하겠습니다.”

두씨 부인이 시종을 불렀다.

“아씨가 지금 어디 계시느냐? 지금 가 봐야겠구나.”

시종이 두씨 부인을 모시고 사씨 부인이 있는 곳으로 가니 사 씨 얼굴이 몹시 여위었는데 연약한 몸이 더욱 수척해져 옷을 겨우 걸치고 있었다. 두씨 부인이 사 씨의 모습을 보니 가슴을 칼로 에는 듯하여 말을 못하였다. 사 씨는 그래도 두씨 부인을 보고 반기며 가까스로 입을 열었다.

“아주버님이 좋은 자리로 옮기시어 고모님께서 기쁜 길을 떠나시는데 이 몸이 천하에 드문 큰 누명을 써서 찾아뵙지 못하였습니다. 그런데 뜻밖에도 이처럼 찾아와 주시니 죄송한 마음 아뢸 길이 없습니다.”

두씨 부인이 눈물을 흘리며 사 씨 손을 잡더니 차근차근 위로하였다.

“오라버님이 돌아가실 때 내게 부탁하던 말씀이 아직도 귀에 들리는 듯한데, 내가 조카 하나를 잘 인도하지 못하여 네가 이 지경에 이르니 다 내 잘못이구나. 뒷날 저승에서 오라버님 내외분을 무슨 낯으로 뵙겠느냐.

그러나 지나치게 속 태우지 말거라. 반드시 좋은 때를 만나 억울한 누명을 쓰게 될 것이다. 예부터 영웅과 열녀들이 한때 잠시 화를 당하기도 하더구나. 부디 너그러이 생각하여 마음 상하지 말거라.

우리 집안은 본디 충직한 가문으로 간사한 무리들에게 억울하게 해를 많이 입었어도 집안에는 맑은 기운만 있더니, 이제 오라버니가 세상을 떠난 뒤로 이렇게 해괴한 일이 생겼구나. 이는 집안에 있는 요사스러운 교 씨가 농간을 부려 조카의 총명함을 흐려 놓은 것이다. 요새 한림을 보니 예전의 맑은 기운이 하나도 없고 내게 집안일을 의논하던 버릇도 사라져 고모와 조카 사이 정이 벌어졌기에 근심스럽구나.

그러나 이것은 다 네 스스로 불러온 불행한 결과라 이제 와 누구를 탓하고 원망하겠느냐. 하늘이 정해 준 운수라 피할 도리가 없으니 지나치게 슬퍼 말고 때를 기다리면 좋은 날이 올 게야."

말을 마친 두씨 부인이 시종을 시켜 한림을 부르니, 한림이 곧 사 씨 방으로 왔다.

두씨 부인은 엄하게 한림에게 일렀다.

"요새 네 태도를 보니 본심을 잃은 사람 같구나. 네 아버지가 세상을 떠날 때 크고 작은 집안일을 부탁하시던 말씀이 지금껏 귀에 쟁쟁한데, 네가 변변치 못해 아내가 입에 담지도 못할 누명을 썼으니 어찌 억울하지 않겠느냐?

내가 이제 멀리 떠나려니 마음이 놓이지 않아 한마디 부탁하겠다. 이후 집안에서 네 아내를 모함하는 소리를 들어도 곧이듣지 말고 설사 흉한 일을 네 눈으로 본다고 하여도 아내를 함부로 저버리지 말고 내가 돌아오기를 기다렸다가 처리하여라.

네 아내는 현숙하고 지조가 높은 여자이니 결코 잘못된 길로 나가지 않을 것이다. 발길이 차마 떨어지지 않는구나. 너는 부디 조심하고 요망한 말에 귀 기울이지 말아라."

한림은 양미간을 찡그리고 고개를 푹 떨군 채 들을 뿐이었다. 두씨 부인이 한숨을 내쉬며 사 씨에게 몸을 소중히 하라 거듭 당부하고 돌아서니, 사 씨는 떠나가는 두씨 부인의 모습이 보이지 않을 때까지 우두커니 서서 하염없이 눈물을 흘렸다.

늘 두씨 부인을 꺼리던 교 씨는 두씨 부인이 멀리 떠나는 모습을 보고 속으로 가만히 기뻐하였다.

다음 날 집안이 조용한 틈을 타서 교 씨는 동청을 불렀다.

"내 늘 두씨 부인이 눈엣가시였는데 이제 아들을 따라 멀리 갔으니 이때야말로 꾀를 써서 사 씨를 아주 없애 버리는 것이 좋겠소."

"사 씨를 절대 용서받지 못하게 할 묘한 꾀가 있으나 그대가 못할까 봐 망설이고 있네."

동청이 머뭇거리자 교 씨는 의심스러웠다.

"정말로 묘한 꾀라면 내 어찌 하지 않겠소?"

그러자 동청이 품에서 책 한 권을 꺼내 보이며 말하였다.

"그 꾀가 이 속에 있는데 한번 시험해 보겠는가?"

"무슨 꾀인지 얘기해 보시구려."

"이 책은 당나라 역사책인데 여기에 쓰인 글에……."

동청은 신이 나서 말을 이었다.

"고종 황제가 총애하는 후궁 무 소의가 황후 왕 씨를 누명 씌워 내쫓으려 하나 알맞은 기회를 얻지 못하고 있었네. 이런 때 마침 소의가 딸을 낳았는데 몹시 어여쁜지라 고종이 사랑하고 황후도 그 딸이 귀여워 때때로 찾아와 안아 주곤 하였지.

하루는 황후가 들어와 재롱 피우는 아이를 전과 같이 무릎에 올려놓고 어르다가 돌아간 뒤, 소의가 바로 제 딸의 목을 눌러 죽이고는 '누가 내 딸을 죽였구나!' 하고 소리 지르며 통곡하였네.

고종이 궁인을 모두 심문하였는데, 모두가 하나같이 다른 사람은 아무도 그 방에 드나든 적 없고 황후께서만 다녀갔다고 했지. 황후는 끝내 뭐라 변명할 수도 없었고, 고종이 황후 왕씨를 폐하고 무 소의를 황후로 봉했으니 이것이 바로 오랜 세월 동안 유명한 측천무후*라네.

예부터 큰일을 하는 이는 조그만 일을 거리끼지 않으니 이제 그대도 측천무후의 꾀를 써서 사 씨에게 죄를 씌우면 제아무리 행실이 바르고 말재주가 뛰어나다 한들 변명은 고사하고 스스로 물러날 것이네."

교 씨가 그 말을 듣고는 주먹으로 동청의 등을 쥐어박으며 나무라듯

---

* 측천무후는 중국에서 여성으로 유일하게 황제가 되었던 인물로, 당나라 고종의 황후였지만 690년 국호를 주로 고치고 스스로 황제가 되어 15년 동안 중국을 통치하였다.

말했다.

"범과 같은 동물도 제 새끼를 사랑할 줄 알거든 하물며 사람이 되어서 어찌 제 자식을 해치겠소?"

"지금 상황이 함정에 든 범과 같이 위급한데 내 꾀를 쓰지 않으면 뒷날 후회하여도 소용없을 게야."

아무리 악한 교 씨라도 제 자식을 죽이는 일은 할 수 없어 여전히 머리를 가로저었다.

"여러 번 생각하여도 그것만은 차마 할 수 없으니 다른 좋은 꾀를 찾아보시오."

두 사람이 한창 쑥덕이고 있는 차에 한림이 조정에서 돌아온 기척을 듣고 동청이 놀라 제 방으로 돌아갔다.

동청이 납매를 불러 은근히 말하였다.

"아씨의 됨됨이가 가르쳐 주는 꾀도 쓰지 못하니 이러다가는 너도 위태롭게 될 것이다. 그러니 네가 적당한 기회를 엿보다가 내가 알려준 꾀를 써라."

납매가 그 말을 듣고 돌아가 기회만 노리는데, 어느 날 장주가 마루에서 혼자 놀고 있었다. 마침 유모는 곁에 없고 사씨 부인의 몸종 춘방과 설매가 난간 밑을 지나갔다.

납매가 문득 동청의 말을 기억하고, 둘이 멀리 가기를 기다려 곧 장주를 눌러 죽이고 슬그머니 설매를 찾아가서 소곤거렸다.

"네가 옥가락지를 훔쳐 낸 일이 아직은 드러나지 않았으나 아씨가 알아내려고 백방으로 조사하고 있으니 만약 꼬투리라도 잡히면 네가 먼저 죽을 것이다. 그러니 내가 시키는 대로 하여라. 그러면 화를 면할 뿐 아니라 큰 상까지 받을 것이야."

설매가 납매의 말을 다 듣고 잠시 망설이더니 그러겠다고 대답하였다.

장주의 유모는 마루에서 잠든 장주가 오래도록 일어나지 않아 이상히 여기며 가 보니 입과 코로 피를 철철 흘리고 죽은 지 이미 오래였다. 놀라 통곡을 터뜨리니 교 씨가 허둥지둥 달려와 행여나 살려 볼까 애를 썼으나 헛수고였다. 교 씨는 이것이 분명 동청의 짓인 줄 짐작하였지만 기왕 일이 이렇게 된 바에야 그 꾀를 실행해야겠다 싶어 급히 한림에게 이 사실을 알렸다.

한림이 와서 보니 몸이 떨리고 뼈가 서늘하여 미처 말이 나가지 않았다. 교 씨는 한림의 앞에서 가슴을 치며 넋두리하였다.

"작년에 내 아들이 잘못되기를 빌던 어떤 자가 끝내 우리 장주를 죽인 것입니다. 어찌 그때 상공은 집안의 시종들을 심문하여 죄인을 빨리 잡아내지 않으셨습니까?"

한림이 집안 시종들을 모조리 모아 죄인을 가려내기 시작했다. 먼저 유모를 불러 엄하게 심문하니 유모가 대답하였다.

"제가 장주 아기씨를 안고 마루에 앉았다가 아기씨가 곤히 잠들었기에 잠시 밖에 나갔습니다. 그사이에 뜻밖에 이런 변이 일어났으니 아기씨 곁을 떠난 죄는 만 번 죽어도 될 것이나, 아기씨가 어찌 저리됐

는지는 전혀 알지 못합니다."

다음으로 납매를 심문하였다.

"제가 마침 방문 앞을 지나다가 우연히 보니 춘방과 설매가 난간 밖에서 무엇인지 손짓을 하다가 곧 돌아가는 것을 보았습니다. 이들을 불러서 물으십시오."

한림이 그 말을 듣고 곧 두 시종을 잡아들여 엄한 매질을 하고 먼저 춘방에게 물었다.

"저는 설매와 잠시 난간 아래를 지나갔을 뿐입니다. 결코 아무 짓도 하지 않았습니다."

춘방은 이렇게 대답하고 뼈가 부서지고 살이 찢겨도 끝내 모른다 하며 굽어들지 않았다.

다음으로 설매를 심문하니 처음에는 춘방의 말과 다르지 않았으나 십여 차례 매질에 참을 수 없었던지 비명을 지르며 말하였다.

"아이고, 아이고 나 죽소! 이렇게 죽을 바에야 이 자리에서 무슨 말인들 못 하겠습니까? 아씨가 저희에게 이르시기를 '인아와 장주는 둘이 함께 있을 수 없으니 누구든지 장주를 해치는 자에게는 큰 상을 주겠다'고 하시기에, 저희가 여러 날을 두고 틈을 엿보던 참에 마침 오늘 아기씨가 마루에서 혼자 잠들어 있기에 이때를 놓칠 수 없다고 생각했습니다. 그래서 춘방과 함께 장주 아기씨에게 손을 대기로 마음 먹었으나 저는 간이 서늘하고 손이 떨려서 감히 앞에 나서지 못하고 사실상 아기씨를 눌러 죽인 것은 춘방입니다."

한림이 설매의 말에 크게 노하여 엄한 형벌로 춘방을 다시 심문하니, 춘방은 설매를 노려보며 꾸짖었다.

"네가 아씨를 팔고 나를 모함하여 죽음을 면하고자 하니 너 같은 년 은 개돼지나 다를 것이 없구나!"

춘방이 온몸을 바르르 떨더니 끝내 더 말을 못 하고 그 자리에 쓰러 져 죽고 말았다.

이때 교 씨가 한림에게 말하였다.

"설매는 사실 장주 몸에 손댄 일이 없고 또 사실을 밝혀 죄보다 공이 크니 더 묻지 마시지요. 춘방이 이미 죽었으니 원수를 갚았다고 할 수 있으나 사씨 부인 사주를 받아 한 일이니 장주가 죽어서도 어찌 눈을 감겠습니까?"

그러더니 갑자기 큰 소리로 장주를 부르면서 발을 동동 구르고 하늘 에 대고 울부짖었다.

"장주야, 장주야, 내가 네 원수를 갚지 못하면 살아서 무엇 하겠느냐! 어미가 너를 따라 죽고 말겠다!"

그러더니 교 씨는 얼른 방으로 들어가 줄을 풀어 목을 매었다. 이를 본 시종들이 와락 달려들어 급히 줄을 풀어 놓으니, 교 씨는 더욱 큰 소 리로 통곡하면서 한림에게 달려들어 몸부림을 쳤다. 그래해도 한림이 머리를 숙인 채 아무런 대꾸도 하지 않자, 교 씨는 더욱 화를 냈다.

"질투하는 계집 사 씨가 처음에 우리 모자를 죽이려 하다가 일이 드러났는데도 뉘우치지 않고, 오히려 못된 시종들과 한패가 되어 철없는 어린아이에게까지 손을 대니, 오늘은 장주를 죽이고 내일은 나를 죽이겠구나. 원수의 손에 죽느니 차라리 내 손으로 죽는 것이 낫다. 이놈들아, 너희는 무엇 때문에 나를 살려 놓느냐?

상공, 상공에게 부탁 하나 드립니다. 질투에 눈이 먼 악녀와 사시려거든 나를 먼저 죽여 저 계집의 마음이나 시원하게 해 주십시오. 제가 죽는 것은 조금도 슬프지 않으나 다만 걱정되는 것은 이미 저 악녀와 눈이 맞은 남자가 있으니 상공이 위험할까 싶습니다."

그리고 다시 방으로 들어가 목을 매려 하니, 한림이 뒤따라가서 급히 말렸다.

한림이 불같이 노하여 사 씨에게 독을 내뱉듯 꾸짖었다.

"몹쓸 계집 같으니! 예전에 귀신을 불러들여 장주를 저주한 일이 예삿일이 아니지만 부부 간의 정을 생각하여 덮어 두었고, 다른 남자에게 옥가락지를 주고 정을 통한 것도 당장 집에서 내쫓을 일이었으나 가문에 먹칠을 할까 두려워 참았는데, 아직도 제 죄를 반성하지 않고 간악한 시종과 한패가 되어 사람의 목숨을 앗아 가니 그 죄는 천지간에 용납할 수 없는 것이다! 이런 여자를 집안에 두었다가는 우리 유 씨 가문의 대가 끊기고 말겠구나!"

그러더니 목소리를 낮추어 교 씨를 위로하였다.

"오늘은 날이 저물었으니 내일 아침에 일가친척을 다 모아 사당에서 제사를 지내겠소. 더러운 저 여자를 이 집에서 아주 내쫓고 당신을 정실부인으로 삼아 조상의 제사를 받들게 할 테니, 너무 슬퍼 말고 마음을 추스르시오."

그제야 교 씨는 눈물을 거두고 말하였다.

"정실부인이 되는 것을 감히 천한 첩인 제가 바라겠습니까. 다만 원수와 한집안에 있지만 않게 해 주시면 제 원통하고 억울한 마음이 조금은 풀릴 듯합니다."

그날 저녁 한림은 다음 날 아침 일가친척들 모두 사당에 모이도록 연락을 취했다. 집안의 시종들이 모두 울면서 이 사실을 사 씨에게 알리니 부인은 조금도 얼굴빛을 바꾸지 않고 담담하게 말했다.

"내가 이런 일이 있을 줄 안 지 오래되었구나."

남으로 가는 길

아침이 되자 한림은 일가친척들이 모두 모인 자리에서 사 씨의 전후 죄상을 낱낱이 이르고 기어코 쫓아낼 것을 말했다.

사람들은 모두 현명하고 정숙한 사 씨를 믿었기에 한림의 행동이 잘못된 것임을 알았으나 모두 한림에게는 먼 친척 아니면 아랫사람들이라 한림의 뜻을 거스를 수 없었다. 그래서 한결같이 말하였다.

"한림의 생각대로 처리할 일이지 우리는 판단하지 못하겠습니다."

그리고는 모두들 말을 피하였다.

이에 한림은 사당에 촛불을 밝히고 향을 피운 뒤 엎드려 절을 하고 사 씨의 죄를 고하였다.

"유세차* 모년 모월 모일에 효손 한림학사 연수는 삼가 글월을 올려 증조부모님과 조부모님 그리고 부모님 앞에 고합니다.

부부는 만복의 근원이옵니다. 사 씨가 처음 우리 가문에 들어왔을 때 덕이 있고 예법에 어긋남이 없었으나 처음과 나중이 한결같지 못

---

* 유세차(維歲次)는 '이해의 차례는'이라는 뜻으로 제사를 지낼 때 늘 쓰는 말.

하여 혹시 잘못한 일이 있어도 체면을 생각하여 꾸짖지 않고, 또 부친의 삼년상도 함께 치른 사이라 내쫓지 않았는데 날이 갈수록 악독함이 더하였습니다.

장모의 병을 핑계로 친정에 가서 다른 남자와 놀아난 행동이 드러났으나 가문에 욕될까 하여 사실을 덮어 두고 집안에 그냥 두었더니, 스스로 뉘우치지 않고 오히려 입에 담을 수 없는 악행을 저지르니 집안의 대마저 끊길까 두려워 어쩔 수 없이 내쫓기로 하였습니다.

첩 교 씨는 비록 정식으로 혼인하여 자격을 갖춘 것은 아니지만, 이름 있는 집 자손이고 올바른 예의범절을 모두 갖추어, 조상의 제사를 받들 만합니다. 그러니 교 씨를 정실부인으로 삼겠습니다."

다 읽고 나서 한림이 시종들을 시켜 사 씨를 사당으로 이끌었다. 조상들에게 절하고 하직하게 하니, 사 씨의 눈에서 눈물이 비 오듯 하였다.

일가친척들이 문밖에 나와 사 씨와 이별하며 모두 눈물을 흘리는데, 유모가 인아를 안고 달려 나오니 사 씨가 아이를 받아 안았다.

"진 꽃은 또 피지만 꺾인 꽃은 다시 피지 못한단다. 부디 꺾이지 말고 유모와 함께 잘 살아 있어라. 우리 모자가 원통하게 헤어지니 언제 다시 만날지 알 수가 없구나."

사 씨가 탄식하며 눈물을 하염없이 흘리는데 떨어지는 눈물 방울방울이 피가 되었다.

"아직 날지 못하는 어린 새가 그 몸을 어찌 보존하며 어미 없는 어린 아이가 남은 목숨을 어찌 지키겠는가. 슬프다! 이번 생에서 못다 한

인연 다음 생에나 다시 함께 살자."

아이 볼에 자기 볼을 비비는데 사 씨의 옥 같은 얼굴에서 떨어지는 눈물이 인아의 하얀 볼에 쉼 없이 흘러내리니, 영문을 모르는 어린아이의 까만 눈에도 어느덧 눈물이 글썽거렸다.

"아버님 돌아가셨을 때 따라 죽지 못하고 살아 있다가 오늘 이런 처참한 일을 당하니 정말 기가 막히는구나."

애간장이 타는 듯 어찌할 바를 모르며 유모에게 안겨 있는 인아를 어루만지다가 마지못해 돌아섰다. 그러자 인아가 사 씨에게 매달렸다.

"어머니, 어머니!"

인아는 울음이 터지더니 그칠 줄을 몰랐다.

사 씨는 유모에게 인아를 잘 길러 달라고 천만 번 당부하고는 어린 시종 한 명을 데리고 쓸쓸히 떠났다.

이때 집안에서는 푸른 저고리에 붉은 치마로 치장하고 장신구를 주렁주렁 단 교 씨가 시종들과 함께 사당에서 향을 피우고 예식을 치르고 있었다. 예식을 마치고 정실부인이 된 교 씨는 집안 시종들에게 인사를 받으며 말했다.

"내가 오늘부터 새로 집안일을 관리할 것이니 너희는 저마다 맡은 일을 부지런히 하여 잘못되는 것 없게 하여라."

시종들은 잠자코 고개를 숙인 채 모두 자기 자리로 돌아갔다. 그런데 그들 가운데 여덟아홉 명이 교 씨 앞에 다시 모여 말했다.

"아씨가 비록 쫓겨났으나 여러 해를 섬겨 온지라 받은 은혜가 큽니다. 저희가 나아가 인사를 드려도 되겠습니까?"

교 씨가 승낙하자 모든 시종들이 일제히 사 씨를 따라가며 통곡하니 사 씨가 그들에게 당부하였다.

"너희가 이렇게 나를 생각해 주니 정말 고맙구나. 새 부인 잘 섬기고 오랜 옛정도 잊지 말거라."

시종들이 모두 눈물을 흘리며 절하고 작별하였다.

사 씨는 친정인 신성현이 아닌 성 동쪽에 있는 시부모 산소 아래로 발길을 돌렸다. 사 씨는 유씨 가문 선산 아랫동네에 이르렀다. 그리고 두어 칸 초가집을 빌려 살면서 돌아가신 부모와 시부모를 생각하고 처량한 자기 신세를 슬퍼하며 눈물과 한숨으로 하루하루를 보냈다.

동생 사 공자가 누이에 관한 뜻밖의 소식을 듣고 찾아와, 눈물을 흘리며 말하였다.

"여자란 남편에게서 버림을 받으면 마땅히 친정으로 돌아와 형제가 서로 의지하며 사는 것이 옳습니다. 어찌 이 낯설고 거친 곳에 누님 홀로 계십니까?"

"내 어찌 형제간 정을 모르며, 어머니의 사당 가까이에서 살고 싶지 않겠니. 하지만 내가 한번 돌아가면 유씨 가문과 인연이 아주 끊어지고 말 것이야. 한림이 비록 나를 버렸으나 내 평생 시부모에게 죄지은 것이 없으니 시부모 묘 아래서 남은 생을 마치는 것이 소원이다. 그러니 말리지 말거라."

사 공자는 누이의 고집을 꺾지 못할 것을 알고 돌아가서 늙은 하인 한 명을 보내 주었다.

사 씨가 머무는 곳은 유씨들이 많이 사는 동네로 사 씨가 처음 왔을 때 모두 나와 반기며 위로해 주었다. 과일과 채소도 가져다주며 맺힌 설움을 어루만져 주니 사 씨도 위안을 얻었다. 사 씨는 솜씨가 좋아 삯바느질과 길쌈도 하고 때로는 가지고 있던 패물도 팔아 근근이 살아 나갔다.

한편 사씨 부인이 유씨 집안 선산 아랫마을에 살 집을 구했다는 말을 전해 들은 교 씨는 마음이 몹시 불안하였다.

'신성현 친정으로 가지 않고 유씨네 묘 아래에 거처를 정한 것은 가문에서 내쫓긴 것을 인정하지 않는 것이야.'

그리고 한림에게 곧장 일렀다.

"사 씨가 조상에게 죄를 짓고도 무슨 체면에 감히 가문 선산 아래서 산단 말입니까?"

한림은 그 말을 듣고 잠자코 있더니 한참 만에야 한마디 하였다.

"이미 쫓겨난 몸이니 사는 곳이야 제 뜻대로 한들 어떠며, 더구나 다른 사람들도 사는 마을인데 내가 어찌 그곳에 살아라 말라 하겠소."

교 씨는 몹시 마음에 꺼림칙하였으나 더는 어쩔 도리가 없어 입을 다물었다.

결국 교 씨는 동청에게 그 일을 의논하였다. 동청이 한동안 깊이 생각하다가 말했다.

"사 씨가 유씨 가문 묘 아래서 살며 자기 친정으로 가지 않은 것은 네 가지 까닭이 있네. 첫째는 예전 옥가락지 일을 끝까지 발뺌하고자 함이요. 둘째는 유씨 집안 며느리로 남아 뒷날을 꾀하는 것이고, 셋째는 유씨네 친척들에게 인정을 얻어 그들의 도움을 받자는 것이요. 넷째는 한림이 봄가을이면 꼭 성묘를 하기 때문이지. 사 씨가 험한 산속에서 고생하는 것을 보면 옛정을 생각하여 마음이 움직이지 않겠나?"

교 씨는 동청의 말에, 사람이라면 할 수 없는 생각이 들었다.

"그러면 사람을 보내 아주 없애 버립시다."

"그건 안 되네. 사 씨가 만일 갑자기 남의 손에 죽으면 한림이 의심하지 않겠나. 내게 꾀가 하나 있네. 냉진이 본디 가족이 없고 전부터 사 씨를 마음에 들어 했으니 사 씨를 속여 데려다가 첩으로 삼게 하면 사 씨도 어쩔 수 없을 것이고, 한림이 들으면 아주 미련을 끊어 내지 않겠는가?"

교 씨도 그 꾀가 마음에 들었으나 사 씨를 속일 방법이 걱정되었다.

"그럴듯하긴 하나 어떻게 하려고 하시오?"

교 씨가 웃으면서 물었다.

"사 씨 생각을 짐작해 보면, 친정에 돌아가지 않고 유씨 가문 묘 아래 머물러 살며 집안과 인연을 끊지 않고 있다가 두씨 부인이 돌아오면 그때 부인에게 의지하여 한림과 인연을 다시 맺으려는 속셈이네.

그러니 우리는 두씨 부인의 필체가 필요하네. 그것만 있으면 사 씨도 속아 어쩔 수 없이 냉진에게 잡히게 될 것이야."

교 씨는 기묘한 술책이라며 감탄을 터뜨렸다.

동청이 돌아가 남모르게 냉진을 불렀다. 냉진은 혼자 사는 데다가 사 씨의 용모와 인품을 익히 마음에 들어 하던 터라 동청 말을 듣고 흔쾌히 승낙하였다. 냉진은 두씨 부인 필체를 본떠 편지를 써서 사 씨에게 먼저 보내고, 가마꾼과 믿을 만한 장정 여럿을 골라 사 씨를 태워 올 준비를 하였다.

하루는 사씨 부인이 방 안에서 베를 짜고 있는데 문득 문밖에서 사람 찾는 소리가 들렸다.

"이 댁이 유 한림 부인 사 씨가 계시는 댁입니까?"

"그렇습니다."

늙은 하인이 까닭을 물으니 그 사람이 대답하였다.

"서울 두 추관 댁에서 왔습니다."

"두 추관이 두씨 부인을 모시고 장사로 가셔서 그 댁이 비었는데 그 게 무슨 말입니까?"

"아직 모르십니까? 우리 댁 주인께서 장사 추관으로 계시다가 나라에서 한림학사로 벼슬을 높이시어 두씨 부인과 함께 서울로 올라오셨습니다. 그런데 사씨 부인이 여기 계신다는 소식을 듣고 놀라시며 나를 보내어 편지를 전하라 하셨습니다."

하인이 편지를 받아 부인에게 드리고 심부름 온 사람이 하던 말을 전하니 부인이 반가워 편지를 뜯어 보았다.

편지에는 이별한 뒤 사 씨를 걱정하던 말과 아들이 한림학사가 되어 장사에서 서울로 다시 올라오게 된 것을 대강 전하고 연이어 이렇게 적혀 있었다.

내가 서울을 훌쩍 떠난 뒤 네 처지가 그렇게 비참하게 되다니 이제 와서 슬퍼한들 무슨 수가 있겠느냐. 지금 네가 머물러 사는 곳이 낯설고 한적한 산골이라 혹시 강도가 들까 두려우니 내 집에 와서 서로 의지하며 살면 편안할 듯싶구나. 내 뜻을 거절하지 않는다면 곧 가마를 보내겠다.

두씨 부인이 다시 서울로 올라왔다는 소식에 사 씨는 기뻐하며 아무 의심도 없이 곧 가겠다고 답장을 써 그 사람에게 주어 보냈다.

막상 선산에서 떠나려고 하자, 사 씨는 서글픈 심정에서 헤어날 길이 없어 긴 한숨을 쉬는데 슬며시 졸음이 왔다. 꿈인지 생시인지 어렴풋한 가운데 문득 웬 여자가 공손히 말하였다.

"저희 주인어른과 마님께서 부르십니다."

사 씨가 자세히 보니 전에 시아버지가 부리던 시종이었다. 그를 따라 어떤 곳에 이르니 시아버지 유현과 시어머니 최씨 부인이 함께 앉아 있는데 그 모습이 살아 있을 때와 꼭 같았다.

사 씨는 기쁨에 넘쳐 공손히 절을 하고 어른들을 뵈려고 하니 눈물이 비 오듯 하였다. 유현도 사 씨를 측은한 얼굴로 내려다보며 자기 옆에 가까이 앉혔다.

"아들 녀석이 첩의 모함에 넘어가 착한 며느리를 욕되게 하였으니 이 아비의 마음이 몹시 아프구나. 네가 오늘 받은 두씨 부인의 편지는 거짓이니 자세히 보면 알 수 있을 것이다."

이때 최씨 부인이 또한 사 씨를 곁에 앉히고 등을 어루만지면서 말하였다.

"내가 일찍 세상을 떠나는 바람에 너를 본 일이 없어 슬픔이 크다. 눈을 들어 나를 보아라, 얼굴이나 익혀 두자. 이승과 저승의 길이 다르지만 네가 우리 연수와 제사를 모실 때 네가 주는 술잔을 받고 기뻤는데 이제 교 씨가 제사를 받든다니 그 술을 어찌 받겠느냐? 그래도 네가 집에서 쫓겨난 뒤 이곳에 와 있어 우리가 지켜볼 수 있었으나 이제 네가 멀리 가게 되니 슬프구나."

최씨 부인이 애달픈 눈물을 금치 못하니 사 씨 또한 흐느껴 울면서 말하였다.

"제가 어찌 어머님, 아버님 곁을 떠나겠습니까. 고모님께 말씀드려 떠나지 않겠습니다."

유현이 말했다.

"애야, 편지는 거짓이다. 네가 여기 머물면 화를 당하게 될 것이야. 너에게는 아직도 칠 년의 불운이 남아 있으니 이곳에서 시간을 지체하다가 후회하지 말고 서둘러 남쪽을 향하여 물길로 오천 리를 가거라."

사 씨가 그 말에 놀라 울면서 말하였다.

"의지할 곳 없는 혼자 몸으로 어찌 칠 년 세월을 떠돌겠습니까? 앞으로 있을 길흉을 알려 주시겠습니까?"

"하늘이 내린 너의 운명이 이러하니 어쩌겠느냐. 다만 지금부터 육 년째 되는 해 사월 보름날 백빈주* 나루터에 미리 배를 매어 두었다가 위험에 처한 사람을 구해 주어라. 이 말을 명심하고 이제 어서 떠나거라."

"이제 어머님, 아버님 곁을 떠나면 또 언제 다시 뵐 날이 있겠습니까?"

절하면서 사 씨는 몹시 흐느껴 울었다.

이때 시종이 사씨 부인의 울음소리를 듣고 흔들어 깨우기에 사 씨가 놀라 일어나니 모두 꿈이었다.

사 씨가 꿈에서 들은 시아버지의 말을 생각하며 두씨 부인의 편지를 다시 살펴보니 문득 한 곳에 눈길이 멎었다. 두씨 부인은 남편 이름이 '두강'이기에 평상시 말을 할 때나 글을 쓸 때 '강' 자를 쓰지 않는데 편지에 '강도'라면서 '강' 자를 썼으니 이는 거짓 편지임이 분명하였다.

'어떤 자가 나를 속였을까?'

밤은 깊어 가는데 사 씨는 도무지 잠들 수가 없었다. 어느덧 동쪽 하

---

* 백빈주는 중국 동정호의 물가 이름. 흰 마름꽃이 피어 있는 물가라는 뜻.

늘이 밝아 왔다.

사 씨는 옆에서 자다가 깨어난 시종을 보고 말하였다.

"꿈에서 아버님께서 분명히 남쪽으로 물길 오천 리를 가라고 하셨는데 고모님 계신 장사 땅이 남쪽이요, 고모님이 떠나실 때 물길로 오천여 리 된다 하셨으니, 이는 반드시 고모님을 찾아가 몸을 맡기라고 하신 것이다. 그리로 떠나야겠구나."

그리하여 사 씨가 남쪽으로 가는 배를 이리저리 알아보는데 문득 늙은 하인이 들어와 말했다.

"두 부인 댁에서 가마를 가지고 왔는데 어찌할까요?"

사 씨는 속으로 놀랐으나 천역덕스럽게 대답하였다.

"내가 어젯밤 감기가 들어 일어나지 못하니 며칠 뒤 좀 낫거든 가겠다고 전해 주게."

하인이 밖으로 나가서 그대로 말하니 가마꾼들은 어쩔 수 없이 돌아가 동청과 냉진에게 허탕 친 사연을 전하였다.

동청이 깜짝 놀라 말하였다.

"사 씨는 지혜로운 사람이라 분명 의심하여 병을 핑계 댄 것이야. 만일 이 일이 틀어지면 우리에게 화가 미칠 걸세."

냉진이 그 말을 듣고 말했다.

"이미 저지른 일이니 건장한 장정 여러 명과 함께 무덤 아래 숨었다가 밤이 되면 사 씨를 위협하여 데려오는 것이 어떻습니까?"

"그것이 좋을 듯하니 어서 서두르게."

동청의 말에 냉진은 곧 장정들을 데리고 떠났다.

이때 사 씨가 남쪽으로 가는 배를 구하지 못해 근심하다가 마침 남경으로 가는 장삿배를 만났는데 알고 보니 예전에 두씨 부인 집에서 시종으로 있다가 평민이 된 장삼이라는 사람의 배였다.

사 씨가 기뻐하며 장삼에게 함께 가기를 부탁하니 장삼 또한 두씨 부인 집에 있을 때 사 씨를 몇 번 만난 일이 있어 흔쾌히 승낙하였다.

그리하여 사 씨가 선산 무덤에 찾아가 하직 인사를 하고 늙은 하인과 어린 시종을 데리고 장삼의 배에 올라 남쪽으로 향하였다.

한편 냉진은 장정 여럿을 데리고 무덤 아래 숲속에 몸을 숨기고 있다가 밤이 되자 사 씨 집으로 우르르 달려들었다. 그러나 집은 이미 텅 비었고 사람 그림자도 없어 냉진은 크게 놀랐다.

"사 씨는 과연 영특한 사람이구나. 우리 계략을 알고 벌써 달아났구나."

돌아가서 동청에게 허탕 친 상황을 말하니, 동청과 교 씨는 사 씨를 잡지 못한 것이 몹시도 분했다.

넓고 푸른 바다에 조각배라

사 씨가 배에 올라 남쪽으로 가는데 넓은 바다는 하늘에 닿을 듯 끝이 없고 배는 이리저리 요동쳤다. 새벽달 찬바람에 닻 감는 소리는 나그네의 근심을 부르고 어디선가 들리는 잔나비* 울음소리는 슬픈 사람의 애간장을 끊으니, 사 씨는 더러운 누명을 쓰고 조각배에 의지해 넓고 푸른 바다를 떠도는 자기의 신세를 생각하자 가슴이 미어지는 듯하여 하늘을 우러러 통곡했다.

"하늘이 어찌 내 운명을 이처럼 가혹하게 만드셨단 말인가."

하인들도 슬픔을 참지 못하여 서로 부둥켜안고 울다가 늙은 하인이 울음을 그치고 부인을 위로하였다.

"하늘이 아득히 높으나 사람을 두루 살피시니 어찌 매양 불행하겠습니까. 부디 눈물을 거두고 귀한 몸 돌보십시오."

부인이 울음을 그치고 하인들에게 말하였다.

"내 팔자가 사납고 복이 없어 자네들이 함께 고난을 겪으니 나야 내

* 잔나비는 원숭이를 이르는 말.

죄 때문이지만, 자네들은 무슨 죄인가. 내 갈 곳도 모르고 바다 위에 떠도니 어디로 가겠는가. 고모님이 나를 기다리시는 것도 아니고 하물며 시집에서 쫓겨난 몸인데 내 신세 어찌 슬프지 않겠나. 차라리 바다에 몸을 던져 세상만사를 깨끗이 잊고자 하네."

말을 마치고 또 울음을 터뜨리니 하인들이 여러 가지로 거듭 위로하였다.

그동안 배는 앞으로 달려가는데 갈수록 풍랑은 점점 사나워지고 사 씨의 뱃멀미 또한 더욱 심해져 죽을 지경에 이르렀기에 어쩔 수 없이 육지에 배를 대었다.

강변에 방을 빌려 몸을 추스르려고 둘러보는데 멀리 산 밑에 초가 한 채가 자리 잡고 있는 것이 눈에 띄었다.

시종이 그 집에 이르러 문을 두드리고 주인을 찾으니 열너덧 된 어린 처자가 나오는데, 옷은 낡았으나 용모가 단아하고 행동은 지체 높은 양반집 따님보다 더 점잖아 보였다. 처자는 시종의 말을 듣더니 흔쾌히 승낙하였다. 하인들이 사씨 부인을 모시고 그 집에 이르니, 처자는 사 씨를 반갑게 안방으로 맞아들였다.

날이 저물었는데도 다른 식구는 보이지 않자 사 씨가 물었다.

"부모님은 어디 가시고 너 혼자 있니?"

처자는 사 씨를 공경하여 깍듯이 대답하였다.

"제 성은 임가입니다. 일찍 아버지를 여의고 홀어머니를 모시고 삽니다. 지금 어머니가 볼일이 있어 물 건너 마을에 갔는데 풍랑 때문에 돌아오지 못하셨습니다."

부엌에 나온 임 처자는 시종에게 부인 이야기를 듣고 각별히 정성을 다하여 밥과 찬을 마련하였다. 방 안에 불을 환히 밝히고 저녁상을 들여가니 사 씨가 임 처자의 정성에 감탄하고 고마워하며 수저를 들었다.

"두 식구 사는 집에 갑자기 손님이 찾아와 폐를 끼치니 미안하구나."

그러나 처자는 오히려 예절을 차려 공손히 대답하였다.

"귀한 댁 아씨께서 이렇게 누추한 집을 찾아 주시니 저희 집안의 영광입니다. 시골집이라 차린 것이 변변치 못하여 죄송하기 그지없습니다."

사 씨는 임 처자 집에서 자고 다음 날 떠나려고 하였지만 풍랑이 좀처럼 수그러들지 않아 내리 사흘을 묵게 되었다. 거기다 임 처자가 간곡하게 말려 이삼 일을 더 지내고 떠나게 되었다.

마침내 떠나자니 그동안 사 씨와 처자 사이 깊어진 정이 있어 서로 잡은 손을 차마 놓지 못하였다. 사씨는 짐 속에 남아 있던 가락지 하나를 임 처자에게 주면서 부탁하였다.

"이것이 비록 소박한 것이나 갸름한 네 손가락에 끼고 언제까지나 우리 인연을 잊지 말거라."

임 처자는 사양하였다.

"아씨의 먼 길에 요긴하게 쓰일 가락지입니다. 제가 어찌 받겠습니까."

"여기서 장사 땅이 멀지 않고 그곳에 가서도 쓸 곳이 없을 테니 걱정

말아라.”

임 처자가 공손히 받았다. 사 씨는 임 처자와 이별하는 것이 서러워 거듭 주저하다가 마침내 길을 떠났다.

사 씨 일행이 배에 올라 며칠을 가는데, 늙은 하인은 나이가 많았기에 물길에 지쳐 쓰러지더니 다시 일어나지 못하고 숨을 거두었다. 사 씨가 한동안 비통하고 불행함을 견디지 못해 한탄하다가 배를 기슭에 댄 뒤 장삼을 시켜 늙은 하인의 시신을 강가 언덕에 묻었다. 다시 떠날 때 사 씨 일행은 어린 시종뿐이었다.

사 씨가 허전한 마음으로 앞일을 생각하니 가슴만 답답하여 장삼에게 얼마나 더 남았느냐고 물었다.

“며칠만 더 가면 장사 땅에 닿을 것입니다.”

사 씨는 다소 마음이 놓였다. 배는 출렁이며 남으로 물결을 헤쳐 갔다. 갑자기 풍랑이 크게 일고 배가 바람에 쫓겨 동정호로 향하여 옛적 초나라 땅인 악양루 아래에 이르렀다.

옛날 순임금이 나라 안을 두루 살피며 돌아다니다가 동정호 남쪽 소상강 가에서 죽으니, 두 왕비 아황과 여영이 사흘 동안 피눈물을 흘렸다. 그 자리에 대나무가 자랐는데, 마치 핏방울이 튄 듯 아롱진 점이 박혀 소상반죽*이라 했다.

* 소상반죽은 중국에서 나는 붉은색 작은 점무늬가 있는 대나무. 절개를 상징한다.

이런 까닭으로 소상강에 밤이 찾아오고 달이 밝으며 아황과 여영을 모신 황릉묘*에 두견새 슬피 울 때면 슬프지 않은 사람이라도 저절로 눈물이 흐르는 곳이었다. 하물며 신세가 처량한 사람은 어떻겠는가. 더욱이 사씨 부인은 악녀 교 씨의 계략으로 거친 파도에 실린 자기 신세를 생각하며 줄곧 뱃전에 기대어 밤늦도록 슬픔에 잠을 이루지 못하였다.

이때 장삿길에 오른 여러 배들이 강기슭에 모여들어 떠들썩하기에 가만히 들으니, 옆 배에서 누가 말하였다.

"우리 장사 땅 백성들은 정말 복도 없지."

또 다른 사람이 그에게 물었다.

"그게 무슨 말인가?"

"지난해 오신 두 추관께서는 마음이 정직하고 매사에 공평해서 백성들이 근심을 몰랐는데, 이번에 새로 온 추관은 재물을 탐내고 돈을 좋아해서 백성들이 죄가 있건 없건 간에 덮어놓고 매를 때려 돈과 재물을 빼앗아 내지 뭔가. 이처럼 명관을 잃고 탐관을 만났으니 어찌 복이 있다고 하겠나."

사씨 부인이 그 말을 듣고 생각하니 두 추관이 장사가 아닌 다른 곳으로 갔음이 분명하였다. 너무도 애가 타고 기가 막혀 어찌할 바를 모르다가 새벽이 되자 장삼을 불러 두 추관의 행방을 자세히 알아보라고 일렀다.

---

* 황릉묘는 중국 순임금의 두 비인 아황과 여영의 사당으로 호남성 장사현 소상강에 있다.

장삼이 얼마 뒤 돌아와 말했다.

"두 추관이 장사 고을에 와서 바른 행정을 펴는 것을 나라에서 알고 벼슬이 올라 큰 고을인 성도의 장관으로 가셨는데, 두씨 부인도 모시고 부임하셨다고 합니다."

사씨 부인이 하도 기가 막혀 하늘을 우러러 가슴을 치며 탄식했다.

"하늘도 무심하여라. 어찌 이다지도 나를 괴로움에 시달리게 하는가?"

그리고 장삼에게 말했다.

"고모님이 이미 성도로 가셨다니 장사 땅은 굳이 찾아갈 일이 없고, 그렇다고 낯선 이곳도 내가 머물 곳은 못 되네. 자네는 우리 두 사람을 내려놓고 갈 곳으로 가게. 그동안 우리 때문에 수고가 많았네."

"저도 여기 오래 머무를 수 없는 형편입니다. 그런데 이제 아씨는 어디로 가시렵니까?"

"내가 갈 곳은 아직 모르니 자네는 어서 가게."

시종이 이 말을 듣자 당황하여 어찌할 바를 몰라 통곡하고, 장삼은 어쩔 수 없이 두 사람을 강기슭 언덕에 내려놓고 부인에게 절을 하였다.

"부디 천금같이 귀하신 몸 소중히 하십시오."

그러더니 장삼은 배를 저어 떠나갔다.

사 씨는 온갖 고생을 하며 겨우 배 한 척을 구해 장사 땅에 거의 다 왔지만 두씨 부인이 없는 것을 알고 마지막 희망조차 끊어진지라 아무리 생각해도 죽는 수밖에 별다른 도리가 없었다. 시종도 앞길이 막막하여 한참 울더니 부인을 보고 물었다.

"낯선 고장에 와서 여비까지 떨어졌으니 아씨는 장차 어떻게 살아가시렵니까?"

부인은 시종의 물음에 다만 한숨만 길게 쉬더니 자기 신세를 한탄할 뿐이었다.

"사람이 세상에 태어날 때 목숨이 길지 짧을지, 복이 많을지 불행이 많을지는 하늘이 정해 준 운명이니 슬퍼한들 무슨 소용이 있겠느냐. 이제 내 신세를 생각하면 불행을 내 스스로 불러온 것이다. 옛말에 '하늘이 만든 불행은 피할 수 있어도 자신이 만든 불행은 피할 수 없다' 하였다. 누구를 탓하겠느냐. 이제 내 어디로 가고, 누구를 의지하며 살아가겠느냐."

어린 시종도 같은 심정이었다. 그래도 말을 골라 부인을 위로하였다.

"옛날 영웅들과 지조 높은 부인들도 곤욕을 당하지 않은 사람이 드뭅니다. 지금 아씨께서 어려움을 겪고 있지만 밝은 하늘이 내려다보고 굽어살피고 계시지 않습니까. 앞으로 바람이 검은 구름을 몰아내어 해와 달을 다시 보게 될 것이니 너무 슬퍼하지 마십시오. 어찌 잠깐의 불행으로 귀중한 몸을 돌보지 않으십니까."

"옛사람 가운데 액운을 만난 이가 한둘이 아니지만 은인을 만나 몸을 보존할 수 있었다. 허나 나는 그렇지 못하여 연약한 몸 하나 하늘과 땅에 둘 곳이 없으니 차라리 죽음을 선택해 옛사람들과 함께 이름이라도 남기면 잘된 일 아니겠느냐."

사 씨는 서슴없이 강물로 뛰어들려 하였다. 시종이 깜짝 놀라 부인을 붙들고 울면서 애원하였다.

"갖은 고생 끝에 아씨를 모시고 여기까지 이르렀으니 앞으로도 생사를 같이하겠습니다. 저도 아씨와 함께 물에 빠져 저승에서도 모시겠습니다."

그 말에 사씨 부인은 주춤하더니 어린 시종을 향하여 타이르듯 조용히 말했다.

"나는 누명을 쓴 죄인이니 죽어 마땅하지만 너는 무슨 죄가 있어 나를 따르느냐. 내 수중에 한 푼도 남지 않았으니 너는 마을을 찾아가 도움을 구하도록 해라. 네 몸을 소중히 하고 나중에 혹시 고향 사람을 만나거든 내가 이곳에서 죽었다고 전해 주렴."

그러더니 강 언덕에 서 있는 나무줄기의 껍질을 벗기고 거기에 글을 썼다.

모년 모월 모일 사씨 정옥은 시댁에서 버림받고 이곳까지 이르러 강물에 몸을 던져 죽노라.

다 쓰고는 그 자리에 쓰러져 통곡하니 시종도 부인을 잡고 흐느끼며 울었다. 밝은 해도 빛을 잃고 산과 들의 나무도 슬픔에 젖고 산짐승들도 구슬프게 우는 듯했다. 그럭저럭 날이 어두워지자 동쪽 하늘에 휘영청 밝은 달이 솟아오르니 사방이 쥐 죽은 듯 고요하고 두견새 소리 처량하기 그지없었다. 시종이 부인의 손을 잡고 권하였다.

"밤이 몹시 찹니다. 저기 악양루에 올라가 밤을 지내고 내일 다시 생
각하시지요."

부인이 마지못하여 악양루에 올라가니 예스런 누각이 높이 솟아 소
상강 물 위에 비치고 오색구름이 구의산 위에서 뭉게뭉게 피어올라 악
양루를 감돌고 밝은 달빛은 난간에 가득하여 서글픈 마음을 자아냈다.

사 씨는 악양루에서 감탄하며 밤을 지새웠다. 어느덧 동쪽 하늘이 훤
히 밝아 왔다. 이때 누각 아래에서 두런두런 사람들의 말소리가 나며
수십 명이 누각 쪽으로 올라왔다. 서울 사람들이 이곳에 왔다가 유서
깊은 악양루에서 일출을 구경하려던 참이었다.

사 씨는 놀라 얼른 누각의 뒤쪽 계단을 내려가 강가 숲속에 몸을 숨
기고 하염없이 눈물만 흘렸다.

"이 넓은 세상에 내 몸 기댈 곳 하나 없이 날이 밝았으니 어디로 가겠
느냐. 아무리 생각해도 강물에 몸을 던지는 수밖에 없으니 더 이상
말리지 말거라."

사 씨는 몸을 일으켜 강물에 뛰어들려 하였다.

어린 시종이 설움이 북받쳐 부인을 붙들고 흐느껴 우는데 부인도 따
라 울다가 그만 힘이 빠져 잠깐 정신을 놓았다.

꿈인 듯 생시인 듯 한 아이가 찾아와 공손하게 절을 하였다.

"낭랑*께서 부인을 부르십니다."

사 씨가 놀라서 물었다.

"낭랑이 누구시냐?"

"곧 알게 되실 것입니다."

사 씨가 곧 아이의 뒤를 따라 한 곳에 도착하니 크고 웅장한 집이 한 채 강가에 우뚝 서 있었다. 아이가 부인을 데리고 집으로 들어가는데 안에서 소리가 들렸다.

"어서 올라오너라."

사 씨가 들어가니 귀부인 두 분이 의자에 앉아 있고 그 좌우로 여러 부인들이 주위를 둘러싸고 서 있었다.

사 씨가 정중히 인사하니 그중 한 부인이 자리를 가리키며 앉게 하였다.

"우리는 순임금의 두 왕비노라. 옥황상제께서 우리를 불쌍히 여기고 이곳에 머물게 하시어 지조 높은 부인들을 맡아 돌보고 있느니라. 그대가 잠시 재앙을 만나 이곳까지 오게 되었으나 이는 하늘이 정한 운명이라, 그대가 아무리 죽고자 하여도 그렇게 되지 않으리니 마음을 굳게 먹거라."

사 씨가 황송하여 얼른 일어나 다시 절을 올렸다.

"늘 책에서 뵙고 우러러 존경할 따름이었는데 미천한 인간인 제가 두 분을 여기에서 뵐 줄을 어찌 감히 생각했겠습니까."

"그대의 몸은 천금보다 중하니 헛되이 버리는 것은 하늘의 뜻이 아니

* 낭랑은 왕비나 귀족의 아내를 높여 이르는 말.

로다. 그대가 하늘을 우러러 통곡하며 하늘이 무심하다고 한탄하는 것은 그대의 총명함이 흐려진 까닭이다. 그래서 우리가 의논하여 특별히 그대를 위로하고자 불렀네."

사 씨는 그 말에 감동하여 진심으로 고마워했다.

"낭랑께 제가 겪은 일을 숨김없이 말씀드리겠습니다. 저는 일찍이 아버지를 여의고 홀어머니 밑에서 자라나 배운 바 없어 행실이 모자랐습니다.

시아버님께서 돌아가신 뒤 동해의 물을 다 기울여도 씻지 못할 누명을 쓰고 집을 나온 뒤 시부모님께서 잠드신 선산을 눈물로 지켜 왔습니다. 그런데 그곳까지 흉악한 무리들의 손길이 뻗쳐 떠돌게 되니 하늘에 탄식하고 어쩔 수 없이 바다에 몸을 던져 고기밥이 되고자 했습니다.

제 어리석음을 깨닫지 못하고 오열을 터뜨려 낭랑께서 들으시게 한 죄, 이 자리에서 죽어도 여한이 없겠습니다."

"세상의 모든 일이 다 하늘이 정한 것이라 사람의 힘으로 어쩔 수 없으니 어찌 하늘을 원망할까. 그대는 앞으로 행복과 즐거움이 끝이 없을 테니 섣불리 목숨을 끊어서는 아니 되네.

유씨 가문은 본디 공덕을 많이 쌓은 가문인데, 유 한림이 너무 일찍 출세하여 나랏일에는 통달하였으나 나머지에는 빈구석이 있어 하늘이 잠시 재앙을 내려 경고하고자 한 것이었다.

그대를 해치려는 자가 아직 힘이 있어 못하는 짓이 없고 교만하나,

이제 머지않아 하늘이 큰 벌을 내릴 테니 그대는 조급히 굴지 말고 마음 놓고 돌아가거라."

"낭랑께서 저를 나무라지 않고 이토록 친절히 가르쳐 주시니 황송할 따름입니다. 허나 돌아가 의지할 곳이 없는 몸인 제 사정을 살피어 부디 이곳의 시녀로 있게 해 주시면 낭랑을 모시고 영원히 곁에 있을까 합니다."

그러나 낭랑이 웃으면서 말했다.

"그대도 먼 훗날에는 이곳에 머물게 될 것이나 아직은 때가 되지 않았으니 빨리 돌아가거라. 남해에 있는 도인이 그대와 인연이 있으니 거기에서 잠깐 지내는 것 또한 하늘의 뜻이구나."

"제가 전날 들으니 남해는 이곳에서 길이 멀다 합니다. 어떻게 가겠습니까?"

"인연이 있으면 자연스레 가게 될 것이니 염려 말거라."

낭랑은 곧 아이를 불렀다.

"부인을 모셔 가거라."

사 씨가 절하고 뜰아래로 내려서는데 집 안에서 문 닫히는 소리에 놀라 소스라쳐 깨어나니 어린 시종이 옆에서 사 씨가 깨어난 것을 반겼다.

"얼마나 시간이 흐른 것이냐?"

사 씨가 물으니 잠든 뒤 서너 시간이 지났다고 대답했다.

"통곡하던 아씨가 갑자기 잠드시기에 깨어나기를 기다렸습니다."

사 씨는 꿈에서 낭랑을 만났던 일을 자세히 이야기했다.

"내 꿈에 분명히 대나무 숲속을 걸어갔으니 믿기지 않거든 나를 따라오너라."

사 씨가 시종과 숲속으로 들어가니 이내 사당 하나가 나타나고 '황릉묘'라는 현판이 붙어 있었다. 이는 꿈에서 만난 두 왕비의 사당이었다. 꿈과 달리 단청은 색이 바랬고 주변은 몹시 황폐했다. 사당 문을 열고 들어가 두 왕비의 그림을 보니 꿈에서 본 모습과 다름이 없었다. 사 씨가 절하고 말하였다.

"제가 낭랑의 가르침을 받았으니 그 말씀대로 좋은 때를 만나게 되면 그 은혜를 잊지 않겠습니다."

그리고 그 자리에서 물러났다.

"우리 두 사람 의지할 곳 하나 없으니 어쩌면 좋을까."

사 씨가 혼잣말을 하면서 사당 안에서 방황하는데 밤은 점점 깊어 가고 달빛조차 흐려져 갈 길이 막막했다. 사 씨는 속으로 생각했다.

'사람이 세상에 태어나 사는 것은 팔자에 달렸다지만 씻지 못할 누명을 쓰고 고초를 내내 겪다가 이곳까지 이르러 오늘도 앞으로도 의지할 곳 없으니 차라리 죽는 것이 낫겠구나.'

사 씨가 두 왕비의 꿈을 꾼 일이 오히려 허무하여 어쩔 줄을 모르는데 뜻밖에 사당 안으로 여자 둘이 들어왔다.

"한때 어려움을 만났다고 어찌 앞일을 내다보지 않고 물에 빠져 목숨을 끊으려 하십니까?"

사 씨가 놀라 바라보니 늙은 여승과 어린 시종이었다.

"어떻게 우리 일을 아십니까?"

여승은 절을 하고 대답하였다.

"저는 동정호 군산사에 있습니다. 아까 꿈에 관음보살이 나타나서 현명하고 어진 부인이 불행을 만나 떠돌아다니다가 물에 빠져 죽으려 하니 빨리 황릉묘로 가서 구하라고 하셨습니다. 이렇게 아씨를 만나니 부처님의 능력이 신기할 뿐입니다."

"우리는 갈 곳 없어 죽게 된 사람들인데 스님을 만나니 감개무량합니다. 하지만 군산은 여기서 멀고 또 스님의 암자에 폐가 될까 합니다."

"우리는 본디 자비를 본분으로 삼으며 하물며 부처님이 보낸 것인데 어찌 그런 말씀을 하십니까."

스님이 부인을 부축하여 언덕을 내려 물가에 도착하니 강기슭에 배한 척이 떠 있었다. 일행이 배에 오르자 한바탕 부는 순풍에 순식간에 군산에 다다르니 산은 동정호 속에 우뚝 솟아 있어 사방이 다 물이고 봉우리마다 대나무 숲이 울창하고 사람의 손길이 닿지 않은 듯했다.

스님이 배에서 내려 사 씨를 부축하고 산길을 따라 올라가 겨우 암자 앞에 이르니 이름이 수월암이었다. 산속 깊이 자리 잡아 고요하고 정결하여 다른 세상 같았다. 사 씨는 산길을 걷느라고 하루 종일 어찌나 고단하였는지 잠이 들어 다음 날이 된 것도 몰랐다.

아침에 스님이 불당을 청소한 뒤 향을 피우고 부인을 깨워 부처님께

절을 하라고 일렀다. 사 씨가 시종과 함께 법당에 올라 향을 피우고 절을 하며 눈을 들어 둘러보다가 관음보살 그림에 깜짝 놀라 눈물을 머금었다. 그 그림은 바로 열여섯 해 전에 자신이 찬문을 썼던 그 관음보살 그림이었다. 스님이 그 모습을 보고 이상히 여겨 물었다.

"어찌 관음보살 그림을 보고 슬퍼하십니까?"

"그림 위의 글이 분명히 제가 아이 적에 쓴 찬문입니다. 여기서 보게 되니 슬픔을 멈출 수가 없습니다."

스님은 몹시 놀라면서 반가워하며 말했다.

"그렇다면 아씨가 신성현 사 급사 댁 따님이십니까? 아씨의 용모와 목소리가 어쩐지 눈에 익고 귀에 익어 이상히 여겼습니다. 저는 그때 아씨에게서 글을 받아 온 우화암의 묘혜입니다. 제가 아씨의 혼인까지 보려 하였으나 스승님이 급히 찾으시기에 할 수 없이 산에 들어와 십 년 불도를 닦았습니다. 그 뒤 스승님이 돌아가시자 깊은 산골인 이곳에 와서 암자를 짓고 조용히 공부하며 저 그림을 뵐 때마다 아씨가 떠올라 잊지 못했는데 어찌하여 이 지경이 되셨습니까?"

사 씨가 말을 듣고 보니 그는 분명히 묘혜였다. 사 씨는 눈물을 흘리며 모든 사연을 이야기하였다. 그러자 묘혜도 한숨을 내쉬며 위로하였다.

"세상일이란 본디 이런 것이니 너무 슬퍼하지 마십시오."

사 씨가 그림을 다시 보니 관음보살은 외로운 섬 가운데 홀로 앉아 있지만 어딘지 모르게 기운이 새로워 살아 있는 듯하고, 자신이 지은 찬문은 정처 없이 떠도는 자신의 불우한 처지를 그린 것 같아 탄식하였다.

"세상일은 다 하늘이 정한 바이니 사람이 어찌겠습니까."

이날부터 관음보살에게 향을 피우고 아들 인아를 다시 만날 수 있게 해 달라고 간절히 빌었다.

하루는 묘혜가 조용한 때를 타서 부인에게 말했다.

"제가 생각해 보니 유 한림은 현명한 군자이니 한때 간사한 거짓말에 속아 넘어갔어도 뒷날 반드시 잘못을 깨달아 아씨를 찾아오실 것입니다. 제가 일찍이 스승님께 도를 배울 때 사주 보는 법을 조금 배웠으니 생년월일과 태어난 시간을 말씀해 보십시오."

사 씨가 바로 대답해 주니 묘혜가 기뻐하며 말했다.

"팔자는 대단히 좋습니다. 초년에 재앙이 있으나 나중에는 부부 사이에 정이 깊고 자손이 성공하여 행복이 끝이 없을 것입니다."

사 씨는 그 말을 도무지 믿을 수 없다는 듯 오히려 한숨을 길게 내쉬었다.

"복 없는 내 인생에 이처럼 과분한 예언은 당치 않습니다. 어찌 행복을 바라겠습니까."

이 말 저 말 주고받으며 이야기를 나누다가, 사 씨가 배에서 풍파를 만나 잠시 머물렀던 임 처자에 대해 칭찬하니 묘혜가 웃으며 말했다.

"아씨가 제 조카를 만나셨습니다. 그 애 이름은 추영입니다. 일찍이 젖먹이 때 제 어미가 죽고 아비가 변 씨를 후처로 얻었는데 그 아비조차 몇 해 뒤 세상을 떠났습니다. 그러자 계모 변 씨는 추영을 저에게 맡기며 중으로 삼으라 하였습니다. 그런데 그 애 관상을 보니 앞날에 귀한 자식을 많이 두어 복이 가득할 상이라 변 씨에게 딴생각 말고 데리고 살라고 권하였습니다.

요새 들으니 그 애가 계모에게 정성이 지극하여 모녀가 서로 사이 좋게 산다는데 분명 그 아이를 만나신 것입니다."

사 씨가 놀라며 말하였다.

"얻기 어려운 것이 어진 사람이라 나도 사람의 마음을 알지 못한 까닭으로 몹쓸 누명을 쓰고 이렇듯 고생하는 것 아니겠습니까."

묘혜는 한탄하는 사 씨를 진심으로 안쓰러워하였다.

"이것도 또한 하늘이 정한 운명이라 아씨와 제가 인연이 있는 것이니 마음 편히 머무십시오."

"내가 이 암자에 있는 것을 한탄하는 게 아니라 집을 떠난 지 오래되어 아들 인아의 생사조차 모르니 그동안 어찌 되었는지 걱정스럽고, 또 우리 집안에 악한 자가 있으니 그의 계략으로 한림에게 어떤 재앙이 생기지는 않았나 걱정입니다.

지난날 시부모님 묘 아래에 있을 때 꿈에서 이르기를, 육 년 뒤 사월 보름날 배를 백빈주에 대었다가 위급한 사람을 구하라고 신신당부하셨는데 과연 어떤 사람일지 도무지 모르겠습니다."

묘혜는 그 말을 듣자 부인에게 말하였다.

"제가 예전에 한림 상공의 관상을 보니 많은 복을 갖추었고 또 유씨 가문은 대대로 덕을 쌓은 집이니 어찌 악인이 해를 끼치겠습니까. 아씨의 시아버님인 유 상공께서는 본디 현명한 어른이라 허튼 말씀을 하지 않으셨으니, 말씀하신 때에 백빈주에 가서 위험에 처한 사람을 꼭 구하십시오."

사 씨는 그 말을 옳게 여기고 수월암에 머물며 세월을 보냈다. 시종을 데리고 함께 바느질과 길쌈을 부지런히 하여 절의 일을 덜어 주니 그 안의 모든 이가 믿고 따르며 사 씨를 극진히 공경하였다.

어린것은 어미 잃고, 아비는 귀양길로

　사 씨가 떠난 뒤 교 씨는 버젓이 안방을 차지하고 집안일을 도맡아 처리했다. 그런데 날이 갈수록 악독함이 심해져서 시종들은 교 씨의 행패를 견디지 못하며 사 씨를 더욱 그리워하였다.

　교 씨는 십랑을 시켜 한림의 총명함을 흐리는 저주를 퍼붓고 한림이 조정에 나가는 틈틈이 동청을 백자당으로 불러들여 정을 통하니 그 음란한 행동을 말로 다 할 수 없었다.

　하루는 교 씨가 동청과 더불어 백자당에서 자고 일어나니 날이 이미 밝았다. 동청은 자신이 지내는 곳으로 슬며시 나가고 교 씨는 늦게까지 일어나지 않았다.

　한림이 조정에서 돌아와 안방에 가 보니 교 씨가 없었다. 시종에게 물어보니 백자당에서 잔다고 하였다. 한림이 백자당으로 가 교 씨를 보고 백자당에서 자는 까닭을 물었다.

　"요즘 안방에서 자면 어쩐지 꿈자리가 안 좋고 온몸에 기운이 빠져 어젯밤은 여기서 잤습니다."

　교 씨는 아무렇지 않게 대답했다.

"부인 말이 옳소. 나도 잠만 들면 어지러운 꿈을 꾸게 되어 정신이 흐려지고 나가서 자면 편안하여 이상하다고 했는데 부인 또한 그렇다고 하니 어디 점 잘 치는 사람을 불러다가 물어봅시다."

이때 대궐에서는 임금이 날마다 부질없이 기도하기를 일삼고 있었다. 이에 재상 해서가 임금이 기도 행사를 일삼게 하는 승상 엄숭의 잘못을 규탄하는 글을 올렸다. 임금이 그 글을 보고 크게 노하여 해서의 벼슬을 거두고 명령을 내렸다.

"먼 곳에 보내 병졸로 삼으라."

이에 유 한림이 잘못된 처사인 것을 글로 올리니 임금은 한림을 꾸짖고 바로 명령을 내려 엄포를 놓았다.

"앞으로 또 기도하는 것을 막는 자가 있으면 반드시 목을 베리라."

이에 한림은 병을 핑계 대고 다음 날부터 조정에 들어가지 않았다.

하루는 나라의 도를 맡아보는 도 진인*이라는 사람이 한림의 병문안을 왔다. 한림은 다른 사람들을 다 내보내고 진인만 남게 한 뒤 그에게 집안의 기운을 살펴보라고 부탁했다.

진인이 구석구석을 돌아본 뒤 말하였다.

"비록 대단치 않으나 불길한 징조가 있습니다."

곧 사람을 시켜 안방 벽을 뜯더니 그 속에서 나무로 만든 사람 인형

* 진인은 도를 깨쳐 깊은 진리를 깨달은 사람을 이르는 말.

여러 개를 끄집어냈다. 한림이 깜짝 놀라 얼굴빛이 변하니 진인이 웃음을 띠고 말했다.

"이는 사람을 해치려 함이 아니라 어떤 이가 상공의 사랑을 독차지하고자 한 방법입니다. 예부터 이런 일이 더러 있는데 사람의 정신을 어지럽게 하여 총명함을 가리는 것이니 인형을 없애 버리십시오. 그리고 집안에 주인이 집을 떠나게 될 안 좋은 기운이 떠도니 조심하여 불행을 당하지 마십시오."

"그대의 말을 명심하겠다."

한림은 진인을 잘 대접하여 보냈다.

진인이 돌아간 뒤 한림이 가만히 생각하니 집안에 요즘 눈에 띄게 의심스러운 점이 한두 가지가 아니었다.

'전에는 집안에 이런 일이 있으면 당연히 사 씨를 의심하였지만 이제 사 씨도 없고, 방을 뜯어고친 지도 오래되지 않았는데 이런 이상한 인형들이 나왔으니 분명 집안에 못된 짓을 하는 자가 있구나. 그렇다면 사 씨는 죄가 없는 것인가.'

한림은 이제야 머리를 갸웃거렸다.

본디 이 일은 교 씨가 십랑과 더불어 계략을 꾸민 것이었다. 저번 날도 교 씨는 동청과 백자당에서 자고 난 핑계를 꿈자리가 사납다는 말로 굼때기*는 하였으나, 일이 안될 때라 뜻하지 않은 손님이 찾아와 벽 속

---

* '굼때다'는 맞닥뜨린 자리를 모면하기 위하여 슬쩍 둘러댄다는 뜻.

에 숨겨 둔 인형이 마침내 드러난 것이다.

한림은 그것이 교 씨가 한 짓인 줄 깨닫지는 못했지만 몇 해를 두고 흐려졌던 총명이 되살아난 듯 지난 일을 생각하며 의심하던 차에 마침 장사에서 두씨 부인의 편지가 왔다.

한림이 반가워 읽어 보니 편지에 담긴 뜻이 깊고 또 사 씨가 집에서 쫓겨난 줄 모르고 당부한 구절들이 간절히 느껴졌다.

'사 씨는 현명한 사람인데, 내가 덮어놓고 의심만 한 것 아닌가. 옥가락지도 내 눈으로 보긴 하였으나 혹시 시종들 중에서 누구든지 손쉽게 훔쳐 낼 수도 있는 일이고, 예전 춘방이 죽을 때 설매를 몹시 꾸짖고 자기는 끝내 아니라 하였으니 여기에도 무슨 까닭이 있는 게 분명하다.'

이렇게 마음이 사 씨에게 쏠리니 한림은 마음이 점점 무거워지고 얼굴에 수심이 짙어졌다.

교 씨는 한림의 얼굴빛이 전날과 다른 것을 보고 두려운 생각이 들어 동청과 의논하였다.

"내가 요새 한림의 기색을 보니 전날과는 딴판이오. 아무래도 우리 두 사람 사이를 눈치챈 듯한데 어쩌면 좋소?"

"지금 우리 일을 집안에서 모르는 사람이 없으나 아직 한림 귀에 들어가지 않은 것은 모두 당신을 두려워하기 때문이네. 하지만 이제 한림이 눈치채고 마음을 달리 먹는 날이면 일러바치는 자가 많을 테니 우리 두 사람은 화를 당해 죽어도 묻히지 못할 것이야."

교 씨가 이 말을 듣더니 가슴이 철렁 내려앉고 온몸이 떨려 한동안 입을 열지 못하다가 간신히 정신을 차려 동청 손을 잡으며 애원하였다.

"일이 이렇게 되었으니 어쩌면 좋겠소? 당신이 좋은 꾀를 생각하여 화를 당하지 않게 해 주오."

동청이 골똘히 생각에 잠기더니 말했다.

"꾀 한 가지가 있는데, 옛말에 이르기를 '남이 나를 저버리거든 차라리 내가 먼저 버리겠다' 하였으니 조용한 틈을 타서 음식에 독약을 섞어 한림을 해치우고 우리 두 사람 함께 늙도록 살면 얼마나 좋겠는가?"

아무리 악한 교 씨도 그 말에는 차마 선뜻 응하지 못하고 한동안 잠자코 있더니 일어나며 말했다.

"당신의 꾀가 그럴듯하지만 그 전에 탄로 나면 우리는 화를 면치 못할테니 좀 더 깊이 생각하고 의논합시다."

이즈음 한림은 병을 핑계로 조정에 들어가지 않은 지가 오래되고 가끔 벗을 찾아 나가는 날도 있었다. 하루는 한림이 없는 틈에 동청이 그의 방에 들어가 우연히 책상 위에 놓인 종이를 들어 읽어 보다가 기뻐하며 어쩔 줄 몰라 하였다.

동청은 글을 가지고 한림 방에서 나와 그길로 교 씨를 찾아갔다.

"하늘이 우리 두 사람을 평생 함께 살도록 하시는 것이 분명하구나."

교 씨는 무슨 말인지 알 수 없어 어리둥절하니 동청이 한림이 쓴 글을 내보이며 말했다.

"지난번에 임금이 명령을 내려 나라에서 기도하는 것을 잘못이라 하는 신하는 곧 죽이라고 하였네. 지금 이 글을 보니 기도하는 일을 비난하고 풍자하여 엄 승상을 못된 신하로 말하고 있구려. 이 글을 가지고 가서 엄 승상에게 보이면 승상은 또 임금께 아뢰어 법으로 다스릴 것이니, 우리 두 사람을 살리는 것이지 않은가?"

교 씨는 그 말에 매우 기뻐하여 제 뺨을 동청 뺨에 대고 갖은 교태를 부리며 속삭였다.

"전날에 말하던 꾀는 위태롭더니 이번 꾀는 남의 손을 빌려서 없애는 것이라 얼마나 유쾌한 일이오?"

교 씨와 동청이 서로 얼싸안고 시시덕거리니 그 음란한 행동은 말로 다 할 수 없었다.

다음 날 동청이 유 한림의 글을 소매에 넣고 엄 승상을 찾아갔다.

"무슨 일로 왔느냐?"

엄 승상이 물으니, 동청이 머리를 숙이며 대답하였다.

"저는 한림학사 유연수 집에 머물고 있습니다. 비록 그 집에서 은혜를 입고 있으나 한림이 늘 상공을 모해하고자 하므로 제 마음이 불쾌했습니다.

어제는 한림이 술에 취하여 저에게 엄숭은 임금을 잘못된 길로 이끄는 나쁜 사람이라며 험담을 하고, 요즘은 법령이 내려진 뒤라 임금의 잘못을 말하지 못하나 글로나마 제 뜻을 적겠다면서 이런 글을 썼습니다.

제가 그 글의 뜻을 물으니 상공을 옛날 간신들에게 비유한 글이라 하기에, 제가 눈여겨보았다가 그자 몰래 훔쳐 내어 이렇게 바칩니다.”

동청이 거짓말을 유창하게 늘어놓자 승상이 그 말을 믿고 글을 받아 보았다. 과연 옛적 간신들을 은근히 자신에게 비유했기에 싸늘하게 웃으며 말하였다.

“유연수는 유현의 아들이라. 아비와 자식 모두 내 말이라면 한 가지도 따르지 않더니 모자란 아들 녀석이 감히 나를 우습게 보고 끝내 희롱했단 말인가? 이는 분명 더 이상 살고 싶지 않은 것이구나.”

그리고는 곧바로 글을 가지고 대궐로 들어가 임금께 아뢰었다.

“요즘 들어 나라의 규율이 느슨해져 젊은 학자들 가운데 국법을 두려워하지 않는 자가 있으니 몹시 한심한 상황입니다. 이미 임금께서 나라의 엄한 법을 명령하셨음에도 한림 유연수는 감히 옛날 간신들 죄를 저에게 비유하여 욕하니, 저야 무슨 변명을 하겠습니까만 이는 성상*을 희롱하는 것 아니겠습니까. 마땅히 국법으로 처벌하심이 옳을까 합니다.”

엄숭이 허리를 굽히고 글을 받들어 임금 앞에 올리니 임금이 그 글을 읽고 크게 노하여 유연수를 바로 잡아들여 옥에 가두게 하였다. 죽이라는 명을 내리려 하니, 태학사* 서세가 임금에게 글을 올렸다.

---

* 성상은 살아 있는 자기 나라 임금을 높여 이르는 말.
* 태학사는 국가의 회계를 맡아보던 벼슬.

충신을 죽이려 하시나 저희가 그의 죄를 자세히 알지 못합니다. 바라건대 그 글을 저희가 볼 수 있게 해 주옵소서.

임금이 말하였다.

"유연수가 옛날 간신들에게 속아 넘어간 어리석은 왕들과 짐을 비교하며 우롱하였으니 어찌 죽음을 면하겠는가."

그리고 유연수가 썼다는 글을 태학사에게 보여 주었다. 서세가 그것을 받아 끝까지 읽더니 임금에게 아뢰었다.

"제가 이 글을 보니 옛날 간신들이 당대 임금을 속였다는 것이 명백하지 않고 이 글에 나오는 임금은 태평성대의 어진 왕인지라 유연수 죄가 죽을죄는 아니라 생각됩니다. 성상께서는 현명히 살피옵소서."

임금이 그 말을 듣고 대답을 찾지 못하였다.

엄숭은 좌우에서 말이 나오는 것을 보고 속으로 불만이 가득하였으나 남의 눈과 귀를 무시할 수 없어서 선심 쓰듯이 아뢰었다.

"태학사의 말이 그렇다 하니 유연수의 죄를 감하여 귀양을 보내시는 것이 어떠하옵니까."

임금이 허락하니, 엄숭이 분부하였다.

"유연수를 행주로 귀양 보내라."

엄숭이 집으로 돌아오니, 동청이 벌써 소문을 듣고 찾아와 있었다.

"유연수 같은 중죄인을 어찌 죽이지 않으십니까?"

"옆에서 임금에게 간하는 자들이 있어 죽이지는 못하였으나 행주는 땅과 물이 거칠어 북쪽 사람이 한번 가면 살아 돌아오는 자가 없는 곳이라 죽이는 것과 다름이 없다."

동청은 그제야 한시름 놓은 듯 기뻐하였다.

한편 한림이 뜻밖에 모함으로 옥에 갇혔다가 귀양 길을 떠날 때, 교 씨는 시종들을 데리고 성 밖까지 따라 나가 통곡하는 체했다.

"아이고, 이게 무슨 일입니까! 저 홀로 이 집에서 누굴 믿고 살겠습니까? 차라리 상공을 따라가 살아도 같이 살고 죽어도 같이 죽어 슬픔도 고통도 함께 하겠으니 부디 저를 데리고 가십시오. 아이고, 기막혀라!"

그러자 한림이 교 씨를 바라보며 달래었다.

"내가 이제 험한 고장에 귀양 가므로 생사를 알 수 없소. 부인은 집을 지키고 조상의 제사를 받들며 인아를 잘 기르시오. 그 애를 장가들이면 그 애를 의지하여 살 수 있을 테니 생사도 모를 나를 따르지 마시오. 인아가 비록 몹쓸 사 씨의 소생이나 능력이 평범하지 않으니 잘 거두어 기르면 내가 죽어도 눈을 감을 수 있겠소."

"상공의 자식이 곧 제 자식입니다. 어찌 봉주와 달리 대하겠습니까."

한림은 거듭 인아를 당부하였다. 떠나려다가 문득 옥에서 나올 때 동청이 엄숭 집에 잘 드나들더라는 말을 들은 게 생각나서 시종들에게 물었다.

"동청이 보이지 않으니 어쩐 일이냐?"

"집 나간 지 사나흘 되었습니다."

한림은 옥에서 들은 말이 사실인 것을 알고 무척 분하였으나 어쩔 수 없이 남쪽으로 향하였다.

그 뒤 동청은 엄숭 눈에 들어 진류현의 현령*으로 임명되었다. 동청은 곧 교 씨를 찾아갔다.

"내 이제 엄 승상의 천거로 진류 땅의 현령이 되어 내일모레면 떠날 것이오. 나와 함께 가겠는가?"

교 씨는 몹시 기뻐하며 시종들에게 말하였다.

"사촌 형님이 먼 시골에 사는데 지금 병이 위중하여 급히 오라는 연락이 왔다. 내 그곳으로 곧 떠나려 하니 너희는 그동안 집을 잘 지키고 있어라."

교 씨가 심복인 설매와 납매 등 너덧 명과 인아, 봉주를 데리고 가려 하니 나머지 시종들은 잠자코 있는데 인아의 유모가 자기도 가겠노라고 따라나섰다.

교 씨가 유모를 꾸짖었다.

"인아가 이제 젖먹이 어린아이도 아니고 며칠 뒤면 돌아올 것인데 자네가 무엇 하러 가느냐?"

교 씨가 금붙이, 은붙이 보물을 비롯하여 몸에 지닐 수 있는 보물들

---

* 현령은 지방 행정구역인 현의 으뜸 벼슬.

을 모두 싸서 집을 떠나는데 감히 누구도 막지 못하였다.

　교 씨가 삼일 만에 하간 땅에 이르니 동청이 기다렸다가 서로 만나 반기는 꼴이 어찌나 난잡하던지 눈뜨고 볼 수 없었다.

　이때 일행 중 인아가 있는 것을 보고 동청이 교 씨에게 말하였다.

　"인아는 원수의 자식이니 데려가 무엇 하겠나? 일찍 죽여 화근을 없애게."

　교 씨는 그 말을 옳다 여겨 곧 설매에게 말했다.

　"인아가 자라면 분명 나와 너는 무사하지 못할 것이야. 빨리 데려다가 강물에 빠뜨려 없애거라."

　설매는 마지못해 인아를 안고 물가에 이르렀다. 잠이 든 인아의 모습을 보자 차마 어쩌지 못하고 망설이면서 눈물만 흘렸다.

　"아씨 덕이 저 강물 같은데 내가 몹쓸 년이라 아씨를 모함하고 이제 또 그 아들마저 죽인다면 어찌 천벌을 피할까."

　설매는 이렇게 중얼거리며 잠든 인아를 수풀 속에 고이 눕히고 자리를 떠났다. 설매가 돌아와 교 씨에게 말했다.

　"물속에 아이를 넣었더니 물결 속에서 두어 번 들락날락하다가 마침내 보이지 않았습니다."

　교 씨와 동청이 크게 웃으며 술을 따라 서로 권하고 거문고를 타며 노래를 부르니 그 추잡한 행실은 이루 다 말할 수가 없었다. 배가 육지에 다다르니 동청이 먼저 내려 호기롭게 진류 땅으로 들어갔다.

한편 비단옷에 흰쌀밥만 먹던 한림이 귀양살이를 하게 되니 날이 갈수록 고생이 말할 수 없는 데다가 물과 땅이 사나워 몸이 병들고 여위어 견디기 어려웠다. 푸른 하늘에 둥글게 솟아오른 밝은 달을 바라보니 눈물과 한숨으로 지나간 일들을 생각했다.

"사 씨가 일찍이 동청을 멀리하라더니 그 말이 백번 옳았구나. 내가 죽어 저승에 가면 무슨 면목으로 조상들을 뵐까."

한림이 탄식하며 날을 보내다가 병으로 죽을 지경에 이르렀으나 귀양살이에 약도 없는 곳이라 병은 깊어만 갔다.

하루는 꿈인 듯 생시인 듯 웬 늙은 할머니가 물병을 가지고 찾아왔다.

"네 병이 깊지만 이 물을 마시면 곧 나아질 것이다."

"누구신데 죽어 가는 사람을 구하십니까?"

"나는 동정호 군산에 사노라."

그러더니 더 말하지 않고 병을 뜰 가운데 놓고 갔다. 한림이 다시 물으려 버둥거리다가 깨어나니 꿈이었다.

이튿날 아침 늙은 하인이 뜰을 쓸다가 급히 들어와 놀란 얼굴로 말하였다.

"뜰에 어제는 없었던 샘물이 솟아났습니다."

한림이 이상히 여겨 내다보니 꿈속에서 할머니가 병을 놓고 간 자리에서 샘물이 솟아올랐다. 그 물을 떠 오라고 하여 마셔 보니 과연 물맛이 달고 시원하기가 꿀을 탄 듯하였다. 한림이 그 물을 마시자 나쁜 물과 땅 때문에 걸린 병이 구름 걷히듯 깨끗이 낫고 기운이 솟았다. 또 그

물이 마르지 않아 마을 사람들이 나누어 먹으니 행주 땅의 풍토병도 사라졌다. 그래서 사람들은 그 샘물 이름을 한림학사를 위해 생긴 물이라 하여 '학사정'이라 불렀다.

이때 진류현에 부임한 동청은 오로지 재물만을 탐내 백성들에게 온갖 악한 짓을 행했다. 그렇게 남의 재물을 빼앗고도 모자라 엄숭에게 글을 보냈다.

진류 현령 동청 인사드립니다. 제가 부족하지만 정성을 다해 승상을 섬기고자 하나 진류현이 워낙 작아서 재물이 넉넉지 못하여 마음과 같이 못합니다. 보물과 금은이 많이 나는 남쪽 고을을 맡겨 주시면 정성을 다해 승상을 섬기겠습니다.

엄숭이 이 글을 보고 기뻐하며 동청에게 남쪽의 큰 고을 하나를 맡겨 보려고 바로 임금께 아뢰었다.

"진류 현령 동청은 재주가 남보다 뛰어나서 행정을 잘하고 백성들의 칭송이 높아 큰 고을을 감당할 인재입니다. 성상께서는 굽어살펴 주십시오."

임금이 그 말을 믿고 동청을 계림 지역 태수*로 임명하였다. 동청은 기고만장하여 당당하게 계림으로 부임하였다.

---

* 태수는 현보다 큰 행정구역인 군을 다스리는 으뜸 벼슬.

"유연수의 머리를 베어 오라!"

이 무렵 나라에서는 태자를 정식으로 세우는 큰 경사가 있어 온 나라의 죄인들을 풀어 주었다. 유 한림도 이 덕에 귀양지 행주에서 풀려났다. 그러나 서울로 바로 가지 않고 먼저 친척이 사는 무창 땅으로 향했다.

여러 날을 걸어 장사 지역에 이르니 때는 사월이었다. 날씨는 덥고 몸은 지쳐 길가의 나무 그늘에 주저앉았더니, 이제까지 겪어 온 일도 앞으로 있을 일도 흥미가 없어져 머릿속엔 오직 한 가지 생각뿐이었다.

'내가 삼 년이나 낯선 땅에서 고생하여 생긴 병이 다행히 하늘의 도움으로 사라지고 귀양살이도 면했으니, 서울에 있는 부인과 자식을 데리고 고향에 돌아가 농사나 짓고 살겠다.'

이때 문득 북쪽에서 들썩들썩 요란한 소리가 들리더니 높은 벼슬아치의 행차가 점점 가까이 왔다. 관리들이 쌍쌍이 오가며 길을 비키라하니 한림이 얼른 숲속에 몸을 숨기고 가만히 바라보았다. 관원 하나가 금으로 장식한 안장에 흰말을 타고 위풍당당하게 지나가는데 자세히 보니 동청이 분명했다.

한림은 속으로 놀라 생각하였다.

'저놈이 어찌 저렇게 높은 벼슬에 앉았는가?'

그리고 가만히 거동을 살펴보았다.

'태수 벼슬쯤 되겠구나. 저놈이 분명 엄숭에게 빌붙어 저 자리에 앉았 겠지.'

한림은 생각할수록 분이 치밀어 올랐다. 그런데 또 길을 비키라는 소 리가 나더니 이번에는 시녀 여러 명이 보석으로 장식한 가마를 에워싸 고 지나가는데 그 행차도 요란하였다.

행차가 지나간 뒤에 한림이 숲에서 나와 주막에 들어가 점심을 먹고 쉬는데, 문득 맞은편 방에서 웬 여자가 나오다가 한림을 보고 깜짝 놀라 앞으로 다가와 물었다.

"상공께서 어찌하여 이곳에 와 계십니까?"

한림이 자세히 살펴보니 설매였다.

"설매가 아니냐? 나는 지금 귀양살이에서 풀려나 북쪽으로 가는 길이 다. 그런데 너는 어찌 이곳에 있느냐? 우리 집안은 다 무탈한 것이냐?"

설매는 한림을 이끌고 사람 없는 곳으로 가서 눈물을 흘리며 말하였다.

"그동안에 있었던 일을 어찌 다 말씀드리겠습니까. 상공은 아까 이 길로 지나간 행차가 누구인지 아십니까?"

"동청의 벼슬 행차 아니더냐?"

설매가 또 물었다.

"뒤에 따르던 행차는 누구인지 아십니까?"

"그야 동청의 아내가 아니겠느냐?"

그 말에 설매는 한림 보기가 민망한 듯 뜨직뜨직* 대답하였다.

"동청의 부인이 바로 교 씨입니다. 제가 행차를 따라가다가 말에서 떨어져 진흙에 구른지라 옷을 갈아입으려고 이 주막에 들어왔는데 마침 여기서 상공을 뵐 줄 어찌 알았겠습니까."

한림이 설매 말을 듣더니 한동안 멍하게 있다가 말하였다.

"세상일이 참으로 기막히구나. 아무튼 이야기나 자세히 해 보아라."

그러자 설매가 머리를 땅에 짓찧으며 울음을 터뜨렸다.

"제가 하늘을 속이고 주인을 버린 죄 크나크기에 백번 죽어 마땅합니다."

"이 마당에 네 죄는 물어 무엇 하겠느냐, 그동안의 일이나 말해 보아라."

한림이 엄하게 명하니, 설매가 이야기했다.

"사씨 부인께서 저희에게 은혜를 베풀며 거느리셨으나 오히려 저는 배은망덕하게도 남매의 못된 꾐에 빠져 아씨를 모함하였습니다. 옥가락지를 훔쳐 내고 장주를 죽였다는 누명을 아씨에게 씌워 쫓겨나게 한 것도 다 제가 한 짓입니다.

교 씨가 동청과 정을 통하고 십랑과 공모하여 이 흉악한 짓 모두를 꾸며 냈습니다. 그리고 상공을 행주로 귀양 가게 한 것도 엄 승상의 권세에 붙은 그들의 계략입니다.

* 뜨직뜨직은 말이나 행동이 매우 느리고 더딘 모양.

상공이 떠나신 뒤 동청이 승상 눈에 들어 벼슬을 얻게 되자 교 씨는 집안 시종들에게 사촌 형을 보러 간다 하고는 동청을 따라 도망쳤으니 방금 전에 보신 행차가 바로 교 씨입니다.

제가 비록 천한 신분이나 이런 일을 언제까지 보고만 있겠습니까? 교 씨가 엄하고 혹독하여 저희를 모질게 하니 저도 죽을 고비를 많이 겪었습니다."

설매는 소매를 걷어 올려 불로 지진 자리를 보여 주었다.

"아씨를 저버리고 교 씨를 섬긴 것은 어머니를 버리고 범의 입으로 들어간 것과 같으니 어리석기 끝이 없는 제가 이제 와 무엇을 바라겠습니까? 납매의 꾐에 빠지고 돈에 팔려 한 짓이나 만 번 죽더라도 죄를 씻지 못할 것입니다."

한림이 그 말을 들으니 억울한 누명을 쓰고 집을 떠난 사 씨도 사 씨려니와 중간에서 고생한 어린 인아 생각에 가슴이 저미는 듯하였다.

"집안이 그토록 망했다면, 지금 인아는 어찌 되었느냐?"

"이곳으로 떠나올 때 교 씨가 저에게 도련님을 강물에 빠뜨리라 하였으나 차마 그러지 못하고 강가 갈대숲 속에 뉘어 두고 왔습니다. 혹시 하늘이 도우시어 근처 사람이 거두어 길렀기만 바라고 있습니다."

한림의 얼굴빛이 잠깐 환해지더니 길게 한숨을 내쉬며 한탄하였다.

"그 애가 살았다면 너는 내 은인이다. 허나 내가 사람답지 못하여 악한 교 씨에게 속아 죄 없는 부인을 버렸으니 무슨 면목으로 얼굴을 들고 살아간단 말이냐."

"저기 큰 길목에 교 씨 일행이 있어 오래 머무르면 의심할 테니 얼른 한 가지만 더 말씀드리겠습니다. 어제 악주에서 오는 사람의 말을 들으니 유 한림 부인이 장사로 가다가 풍랑을 만나 물에 빠져 죽었다고도 하고 살았다고도 했습니다. 소문이 자세하지는 않지만 어쨌든 말씀드립니다."

말을 마치고 설매는 황급히 그 자리를 떠났다.

교 씨는 설매가 늦게 온 것을 수상히 여겨 그 까닭을 물으니 설매가 대답하였다.

"말에서 떨어져 다친 곳이 아파서 늦었습니다."

교 씨가 처음에는 듣고만 있었으나 본디 의심이 많고 영리한 터라 설매와 같이 온 시종에게 다시 물었다.

"어째서 늦게 왔느냐?"

"설매가 주막에서 어떤 사람을 만나 이야기를 했습니다."

"그 사람이 어떤 사람이라 하더냐?"

"귀양 갔다가 돌아온 유 한림이라 했습니다."

교 씨가 깜짝 놀라 동청을 찾아가 의논하니 동청 또한 놀라 펄쩍 뛰었다.

"그놈이 지금쯤 남쪽 귀신이 되었을 줄 알았는데 살아 있다니. 만일 그놈이 다시 출세하면 우리는 죽음을 피하지 못할 것이다."

동청이 한동안 골똘히 무엇인가 생각하더니, 건장한 장정 수십 명을 뽑아 명령했다.

"너희는 빨리 주막에 달려가서 유연수의 머리를 베어 오라. 유연수의 머리를 베어 오는 사람에게 천금을 주겠다."

그러니, 장정들이 기세차게 몰려갔다.

이때 설매는 한림과 만난 일이 드러났으므로 더는 살지 못할 줄 알고 집 뒤로 가서 스스로 목을 매 죽고 말았다. 교 씨가 설매 스스로 죽은 것을 알자 제 손으로 죽이지 못한 것을 한탄하였다.

한편 한림은 주막에서 나와 길을 걸으면서 생각하였다.

'내가 음탕한 교 씨 꾐에 빠져 현명하고 현숙한 부인을 내쫓고 어린 자식마저 잃어버린 몸이 되어 외로이 떠돌아다니니 천지간의 큰 죄인이다. 내가 무슨 낯으로 조상을 대하며 사 씨와 인아에게 무슨 말을 하겠는가.'

한림은 서러워하며 약주 땅에 도착하였다. 강가를 방황하며 지나가는 사람마다 붙들고 사 씨의 자취를 물으니 모두 한결같이 모르노라 하는데, 그중 한 노인이 말했다.

"예전 어느 날에 어떤 부인이 어린 시종 한 명을 데리고 악양루에 올라 밤을 새우고 장사로 떠났다는데 그 뒷일은 알지 못하오."

한림이 그 말을 듣자 더욱 슬퍼서 강가를 서성이다가 문득 길가 소나무 줄기에 새겨진 글을 보았다.

모년 모월 모일 사씨 정옥은 시댁에서 버림받고 이곳까지 이르러 강

물에 몸을 던져 죽노라.

한림은 이 글을 읽고 통곡하다가 그만 기절하고 말았다. 이윽고 깨어
나자 슬픔이 사무쳐 탄식하며 말하였다.

"부인은 큰 덕을 지녔는데 오히려 누명을 쓰고 이렇게 참혹하게 죽었
으니 어찌 한이 없겠는가. 내 이곳에서 제사를 지내 억울한 부인의
혼을 위로하리라."

그리고 한림은 근처 마을의 술집을 찾아갔다.

술집에 들어가 방을 하나 빌려 제문을 쓰려고 하니 창자가 끊어지는
듯하고 눈물이 앞을 가려 멍하니 앉아 있었다. 갑자기 밖에서 아우성
소리가 요란하여 내다보니 웬 도적 무리가 창검을 세워 들고 무리 지어
달려오며 큰 소리로 외쳤다.

"유연수만 잡고 딴 사람은 다치지 않게 해라! 유연수만 잡으면 천금
을 얻을 수 있다!"

한림이 펄쩍 놀라 허겁지겁 뛰어나와 달아나는데 얼마 못 가서 큰 강
이 앞을 가로막았다. 정신이 아득하여 어찌할 바를 모르고 주춤대는데
뒤에서 또 큰 소리가 들려왔다.

"유연수가 강가로 도망쳤다! 놓치지 말아라!"

한림이 하늘을 우러러 탄식하였다.

"내가 죄 없는 부인을 모질게 대하였으니 어찌 천벌을 안 받겠는가.
남의 손에 죽느니 차라리 내 스스로 물에 빠져 죽겠다."

물에 몸을 던지려 하는데 문득 노 젓는 소리가 가까이 들렸다. 한림
은 소리 나는 쪽으로 급히 달려갔다.

그리운 옛사람을 만나는도다

수월암의 여승 묘혜는 사 씨와 함께 세월을 보냈다. 하루는 부인이 말하였다.

"일찍이 시아버님께서 꿈에 나타나 사월 보름날 배를 백빈주에 대었다가 위급한 사람을 구하라 하셨으니, 오늘이 바로 그날입니다. 이제 가 보아야겠습니다."

그리하여 묘혜가 사 씨와 함께 배에 올라 해 질 무렵 백빈주에 이르러 기다리고 있었다.

쫓기던 한림이 노 젓는 소리가 들려오는 강가로 내려가며 바라보니 조그마한 배 한 척이 다가오는데 뱃머리에서 웬 여자가 앉아 노래를 불렀다.

물결에 달이 밝으니
동정호에서 흰 마름* 캐겠구나.

* 마름은 진흙 속에 뿌리를 박고, 줄기는 물속에서 가늘고 길게 자라 물 위로 나오며 깃털 모양의 물 뿌리가 있는 식물.

아름다운 연꽃이 방긋 웃으니

노 젓는 사람 시름에 젖게 하는구나.

이때 배 안에서 또 한 여자가 화답하는 소리가 들려왔다.

물가의 마름을 캐니

강남에 날이 저물었도다.

동정호에 님이 있어

그리운 옛사람을 만나는구나.

노랫소리가 끝나자 한림이 뱃머리에 앉은 여자에게 급히 부탁하였다.

"강 위의 선녀들은 배를 대어 위험에 처한 사람을 구해 주시오."

묘혜가 그 말을 듣고 바로 기슭에 배를 대니, 한림이 서둘러 배에 올랐다.

"뒤에 도적 떼가 몰려오니 빨리 배를 움직이시오."

한림의 말이 끝나자마자 도적의 목소리가 크게 울려왔다.

"배를 다시 대라! 그러지 않으면 너희를 모두 죽이겠다!"

묘혜가 그 말을 들은 체 만 체하고 배를 빨리 저으니, 도적들이 또 크게 소리를 질렀다.

"너희 배에 올라탄 자는 살인한 놈이다. 계림 태수의 명령이니 그 자를 잡으면 큰 상을 주겠다!"

한림이 이 소리를 들으니 저 무리들은 동청이 보낸 것이 틀림없었다.

"나는 한림학사 유연수라는 사람입니다. 저놈들은 도적들이오."

한림이 서둘러 자신의 신분을 밝히니 묘혜는 두말없이 순풍에 돛을 올리고 노를 저으며 노래를 불렀다.

창오산 저문 하늘이

달빛에 밝으니

구의산에 구름이 걷히는도다.

저기 저 나그네

홀로 가는 천 리 길 무슨 일인가.

아마도 부질없이 가는구나.

한림은 묘혜의 노래를 듣고 무슨 뜻인 줄 몰라 어리둥절해 있었다. 배 안쪽으로 들어가니 웬 부인이 소복 차림으로 앉아 있다가 한림을 보자마자 슬피 울었다. 한림이 놀랍고도 이상하여 자세히 보니 바로 사씨였다. 슬프고도 반가워 서로 붙들고 한바탕 통곡을 하였다. 이윽고 한림이 먼저 울음을 그치고 말하였다.

"여기서 이렇게 만날 줄을 몰랐소. 내 부인을 볼 면목이 없으니 무슨 말을 하겠소. 내가 눈 뜬 장님이었소."

그리고 설매에게 들은 교 씨의 모든 악행을 말했다.

교 씨가 십랑과 함께 온갖 못된 짓을 하던 일이며, 또 설매가 옥가락지를 훔쳐 동청에게 주고 동청이 다시 냉진에게 보내 자기를 속인 일들을 낱낱이 말하니, 사 씨의 옥 같은 얼굴에서 두 줄기 눈물이 쉼 없이 흘러내렸다.

"상공이 사실을 말씀해 주시니 이제 제가 죽어서도 눈을 감을 수 있겠습니다."

사 씨를 그윽하게 바라보던 한림이 다시 말을 했다.

교 씨가 납매를 시켜 장주를 죽이고 설매를 시켜 춘방에게 미루었던 것, 동청이 엄숭에게 모함하여 자기를 죽을 곳으로 귀양 보낸 일과 교 씨가 집안의 보물들을 모두 휩쓸어 가지고 동청을 따라간 사실을 말하니 사 씨 억장이 무너져 말조차 할 수 없었다. 한림이 다시 한탄하였다.

"다른 것은 그만두더라도 우리 인아가 어미를 잃고 아비를 잃어 강물속 외로운 혼이 된 듯하니 그 애가 가여워 가슴이 미어집니다."

그리고는 가슴을 치며 눈물을 비 오듯 흘렸다. 사 씨가 이 말을 듣자 외마디 소리와 함께 정신을 잃고 말았다.

"아이고!"

한림이 부인의 손발도 주무르고 찬물로 이마도 적셔 주며 한동안 보살피자 사 씨가 겨우 눈을 떴다. 한림이 위로하며 말했다.

"설매가 말하길 차마 인아를 물속에 넣을 수 없어 강가의 숲속 풀밭에 눕혀 놓았다 하니, 혹시 하늘이 살피시어 다행히 살아 있을지도 모르지 않소."

"설매의 말을 어찌 믿으며 설사 수풀 위에 뉘어 놓았다 하더라도 인적이 드문 강가에서 그 애가 어찌 되었겠습니까?"

둘이 슬픔에 겨워 한동안 말을 주고받다가 한림이 문득 생각난 듯 부인에게 물었다.

"동정호 물가를 지나다가 우연히 소나무 줄기에 쓴 글을 보고 부인이 물속에 몸을 던졌다고 생각했소. 제사나 지내려고 길가 주막에 들어가 제문을 쓰는데, 갑자기 동청이 보낸 무리를 만나게 되었소. 그런데 뜻밖에 부인 덕에 살아났으니 이 일을 어찌 알고 배를 저어 나를 찾아왔소?"

사 씨는 그제야 그동안 겪은 구구절절한 사연을 말하였다.

"제가 선산의 묘 아래 머물 때 악한 무리가 고모님 글씨를 위조한 거짓 편지를 가지고 와서 화를 당하게 되었는데, 시부모님께서 꿈에 나타나 육 년 뒤 사월 보름에 배를 백빈주에 대어 위험에 빠진 사람을 구하라 하셨습니다.

도망쳐 방황하던 중 앞길이 막막하여 죽으려 할 때 그 소나무에 글을 쓴 것입니다. 그런데 다행히 저 스님을 만나 여태껏 의지하여 목숨을 보존하였으며, 오늘 여기서 상공을 만나게 되니 꿈만 같습니다."

한림은 크게 감동하였다.

"우리 부부는 바로 이 스님이 살려 주신 것과 같으니 그 은혜가 태산 같습니다."

한림이 묘혜를 보고 절하고 나서 가만히 스님을 바라보다가 깜짝 놀랐다.

"아니, 스님은 우화암에 있던 묘혜 선사가 아니시오! 일찍이 우리 부부가 인연을 맺도록 주선해 주고 또 오늘 우리를 죽을 고비에서 구해 주시니 하늘이 우리 부부를 위하여 스님을 이 세상에 보내셨나 봅니다."

묘혜는 분에 넘치는 감사에 겸손하게 말했다.

"상공과 아씨의 타고난 운명이 거룩하신 것이 어찌 제 공이겠습니까. 여기는 여러 말씀 나눌 곳이 못 되니 서둘러 암자로 가시지요."

그들이 탄 돛배는 순풍을 만나 푸른 물결을 쏜살같이 달려 어느덧 수월암 밑에 다다랐다.

묘혜가 암자에 올라 방을 청소하고 한림 부부를 맞아들여 차를 대접하는데 사씨 부인의 시종은 너무나 반갑고도 희한한 일이라 한림과 부인을 번갈아 보며 울다 웃다 하였다.

차를 마시고 난 한림이 부인에게 말하였다.

"내 이제 범의 입을 벗어났으나 당장은 의지할 곳이 없소. 고향인 무창 땅에 가서 논밭을 정리하고 집안을 정리한 뒤 서울에 올라가 사당에서 조상들의 위패를 모셔다가 지난날 죄를 씻고자 하니 부인도 함께 갑시다."

"상공이 저를 버리지 않으신다면 당연히 그 말씀을 따르지요. 하지만 친척들과 사당 앞에서 죄를 고하고 집안에서 내쳐지지 않았습니까. 제가 다시 돌아가려니 사람들을 대하기 부끄럽고 한번 쫓겨났던 사람이 다시 들어가는데도 예법을 따라야 하지 않겠습니까."

한림이 그 말을 옳게 여기며 말했다.

"내가 깊이 생각지 못하고 말했구려. 이제 조상의 위패를 모셔 오고 한편으로 인아의 행방을 찾아보겠소. 그 뒤에 예를 갖추어 보란 듯이 부인을 다시 맞이하리다."

"동청이 상공을 잡지 못했으니 어떻게든 잡으려고 할 것입니다. 상공이 혼자 몸으로 동청 무리를 만나면 위험하니 부디 이름을 숨기고 조심히 다니십시오."

한림이 사 씨의 당부를 명심하고 길을 떠난 지 여러 날 만에 고향인 무창에 도착하였다. 그곳에서 재산을 수습하고 조상의 무덤을 손보았으며 아랫사람들에게 농사에 힘쓸 것을 거듭 당부하였다.

한편 동청과 교 씨는, 유 한림에게 보낸 자객들이 돌아와 난데없는 여자들이 동정호에 나타나 유연수를 태워 가지고 자취 없이 사라졌다고 말하자 더욱 놀랐다.

"이제 유연수가 서울에 올라가면 우리 죄를 임금께 아뢰고 분풀이를 할 것이니 우리가 어찌 마음을 놓을 수 있겠는가?"

그리고는 장정들을 다시 불러 큰 소리로 명하였다.

"무슨 수를 쓰든지 유연수를 찾아내어 잡아들이라!"

이즈음 냉진은 의지할 곳이 없어 이리저리 떠돌아다니다가 문득 생각하였다.

'동청이 큰 벼슬에 올랐다고 하니 그에게 의지하면 되겠구나.'

그리고 동청을 찾아갔다. 동청이 냉진을 보고 반갑게 맞아들여 잘 대접하고 자신의 심복*으로 삼았다.

그 뒤 냉진은 동청의 손발이 되어 악한 짓을 서슴없이 하며 백성들의 재물을 빼앗으니 그 고을 사람이면 동청을 죽일 놈이라 욕하지 않는 사람이 없었다. 동청을 원망하는 소리가 날로 높아 가지만 조정의 대신들조차도 엄숭이 두려워 감히 입을 열지 못하였다.

교 씨가 동청을 따라 계림에 간 지 얼마 안 되어 아들 봉주가 병들어 죽으니 교 씨는 슬픔을 이기지 못했다.

이때 동청이 바쁜 업무로 자주 집을 비우게 되어 냉진이 집의 안팎일을 맡아보았다. 그러자 자연스럽게 음란한 교 씨와 가까워져서 둘이 정을 통하니 마치 지난날 유 한림 집에서 동청과 교 씨가 그러했듯 둘이 난잡하게 놀아났다.

동청은 엄숭에게 아첨이 날로 심해졌다. 이번에는 엄 승상의 생일날에 바치고자 십만 금을 갖추어 냉진을 서울로 올려 보냈다.

그러나 냉진이 서울에 와서 들으니, 임금이 엄숭의 간사하고 악독한 행동을 깨닫고 하루아침에 그의 벼슬을 떼고 옥에 가두어 넣고는 명하였다.

"엄숭의 재산을 모조리 몰수하라!"

* 심복은 마음 놓고 부리거나 일을 맡길 수 있는 사람.

냉진이 이 사실을 알고 속으로 생각하였다.

'동청의 죄가 많지만 사람들이 모두 엄숭이 두려워 감히 말을 못하고 있었는데 이제 엄숭이 무너졌으니 내가 꾀를 써야겠구나.'

냉진이 그길로 대궐 앞에 가 등문고*를 치니 관리가 냉진을 불러들여 까닭을 물었다.

"저는 북쪽 사람으로서 남쪽에 볼일이 있어서 다니러 갔더니 계림 태수 동청이 악독하여 백성을 학대하고 재물을 빼앗으니 참으로 죄가 큰 것을 알게 되었습니다."

냉진은 분한 듯 눈물을 짜며 말했다.

관리가 이 일을 아뢰니 임금이 크게 노하여 명령을 내렸다.

"동청을 당장 잡아 가두라."

한편 조사를 해 보니 과연 냉진의 말과 같이 동청의 죄가 무겁고 컸다. 이제 조정에 엄숭이 없으니 누가 동청을 구해 주겠는가. 동청은 큰 재물을 들여 살 방법을 찾았으나 재물이 어찌 그를 살리며 백성들 가운데 누가 그를 동정하겠는가.

속절없이 동청은 사거리에 끌려가 목 없는 귀신이 되고 재산은 모두 몰수되었는데 황금이 사만 냥이요, 비단 필과 보배는 이루 다 헤아릴 수 없었다.

* 등문고는 왕이 백성의 억울한 사정을 듣기 위해 매달아 놓은 북으로 신문고 같은 것.

냉진은 계림에 사람을 보내 교 씨를 서울로 데려왔으나 번화한 성안에 있는 것이 불안하여 산동 땅으로 가기로 했다. 교 씨는 이제 냉진과 사는 것이 소원이었다. 교 씨 몸에 지닌 보배가 많고 냉진 또한 동청이 보내려고 했던 십만 금을 가지고 있어 두 사람은 마치 두 어깨에 날개가 돋친 듯 신바람이 나서 길을 떠났다.

한 곳에 이르러 주막에 들어간 냉진과 교 씨는 마주 앉아 기분 좋게 술을 퍼마시더니 둘 다 잔뜩 취하여 그 자리에서 곯아떨어졌다. 냉진의 짐을 싣고 가던 마부 정대관이라는 자는 본디 도적이었다. 그래서 냉진의 짐에 재물이 많은 것을 알고 밤중에 모두 훔쳐 달아났다.

새벽에 잠에서 깨어난 냉진과 교 씨가 짐을 찾으니 짐과 마부 모두 사라졌다. 둘은 곧장 그 고을의 관청에 호소하였으나 끝내 도적을 잡지 못했기에 둘은 졸지에 알거지 신세가 되었다.

한편 조정에서는 어느 날 임금이 각 고을의 형편을 탐문하던 중 동청의 죄상을 듣고 크게 노하여 물었다.

"이놈을 누가 천거하여 벼슬을 시켰느냐?"

한 재상이 아뢰었다.

"엄숭이 처음 진류 현령으로 천거하였다가 그다음 계림의 태수로 올렸습니다."

임금이 말했다.

"그러면 엄숭이 천거한 자는 다 악한 간신이요, 엄숭이 내친 자는 다

어진 사람이구나."

임금이 곧 명하여 엄숭이 천거한 사람 수십 명을 다 파직하고 귀양 갔던 신하들은 모두 불러 복직시켰다. 이때 간의대부*해서를 도어사*로 임명하고 한림학사 유연수는 이부시랑으로 임명하였다.

또 한편으로 과거를 실시해 인재를 구하니, 이때 사 급사의 아들 사경안이 급제하여 사씨 가문을 빛냈다.

사 씨의 동생 사경안은 누님이 남쪽으로 향했다는 소식을 바람결로 듣고 생사를 몰라 궁금하였으나 두씨 부인의 아들 두 추관 또한 벼슬이 옮겨져 성도로 갔으므로 편지도 띄울 수 없었다.

때마침 두 추관이 순천 부사로 임명되었다. 사경안은 두 추관이 순천으로 가는 길에 서울을 들르기만 기다렸다가 찾아가 제 누이의 안부를 물었다.

두 부사가 사 공자를 보고 눈물을 흘리며 말하였다.

"나도 아주머니 소식을 더는 듣지 못했네. 내가 장사에 있을 때 들으니 아주머니가 남쪽으로 가는 배를 얻어 타고 우리에게 오다가 도중에 뜻대로 되지 않자 이를 비관하여 물에 빠져 죽었다고 들었네. 나도 그 뒤 소식이 알고 싶어 사람을 보내 찾았으나 전혀 알 길이 없었네. 그곳 사람들 몇몇이 말하기를 '한림이 이곳에 와서 사씨 부인이 물에 빠져 죽기 전에 남긴 글을 보고 슬픔을 이기지 못해 제사를 지

*간의대부는 임금에게 잘못을 고치도록 간하는 일을 맡아보던 벼슬.
*도어사는 어사 가운데 우두머리.

내려다가 그날 밤 도적에게 쫓기어 어디로 갔는지 모른다'는 풍문을 들었을 뿐일세. 지금 조정에서도 유 한림을 찾고 있으나 아무도 소식을 아는 사람이 없네."

두 부사가 한숨을 길게 쉬니, 사경안이 한탄하였다.

"그러면 누님과 매부는 살아 있지 못하겠습니다."

그리고는 울음을 터뜨렸다.

그날 저녁 두씨 부인은 사 공자를 가까이 불러 위로하였다.

"사돈을 보니 사 씨 생각이 더욱 나는구려."

두씨 부인은 곧 아들에게 이곳저곳에 사람을 보내 사씨 부인과 유 한림의 행방을 알아보게 하였다.

이때 마침 사 공자는 강서 남창 땅 추관으로 임명되었다. 남창은 장사에서 멀지 않은 곳이라 사 공자는 벼슬에 임명된 것보다 그곳에 가면 누님 소식을 행여나 알게 될까 하여 기뻐하며 바로 식구를 데리고 남창으로 떠났다.

이즈음 유 한림은 무창에서 이름을 숨기고 사니 그가 유연수라는 것을 아는 사람이 없었다. 하루는 한림이 하인을 불러 농사지은 곡식을 군산 수월암에 보내면서 사씨 부인의 안부를 알아 오라고 했다.

며칠 뒤 하인이 돌아와 말했다.

"아씨는 평안하십니다. 그런데 악주를 지나는데 임금이 유 한림을 이 부시랑으로 임명하였는데 간 곳을 몰라 찾는다는 방이 붙어 있었습니다. 제가 이리저리 생각해 보니 상공에게 좋은 일임이 분명하지만 그래도 만에 하나 알 수가 없어 관가에 상공이 있는 곳을 말하지 않고 바로 돌아왔습니다."

한림이 그 말을 듣고 생각하였다.

'도무지 모를 일이구나. 하지만 엄숭이 권력을 가진 세상이라면 내가 어찌 이부시랑이 되겠는가. 분명 그자가 물러난 것이구나.'

바로 무창 고을 태수를 찾아가 만나니 태수는 반가워하며 한림에게 말했다.

"임금께서 간신 엄숭을 내치고 선생을 이부시랑으로 임명하시며 선생이 어디 계신지 찾아내라는 명령을 급히 내렸는데 어디서 이렇게 나타나셨습니까?"

"제가 이름을 감추고 살았는데 나라에서 유연수를 찾는다는 방이 붙었다는 소문을 듣고 찾아왔습니다."

무창 태수는 곧바로 조정에 유연수를 찾았다는 연락을 하고, 한림은 군산에 사람을 보내 사 씨에게 뜻밖의 경사를 알렸다.

이부시랑 유연수는 무창에 더 머무를 필요가 없어 말을 타고 서울로 올라갔다. 남창 땅에 이르니 그 고장 관원들이 모두 나와서 인사했다. 그중 한 사람이 말도 붙이기 전에 머리를 수그린 채 어깨를 들썩이며 눈물을 흘렸다. 시랑이 그를 알아보지 못하고 이상히 여겨 까닭을 물으니, 그 관원이 대답하였다.

"누님과 헤어진 뒤 생사를 모르다가 이제 매형을 만나게 되었으니 어찌 슬프지 아니하겠나이까."

그리고 목이 메어 더 말을 잊지 못하였다. 시랑이 비로소 그가 처남임을 알아보고 반갑게 손을 잡으며 탄식하였다.

"내가 어리석게도 죄 없는 그대 누이를 내치고 간악한 첩에게 속아서 온 집안이 화를 당하였으니 말로 어찌 다 이야기하겠나. 그대 누이는 다행히 묘혜 스님의 도움을 받아 지금 군산 수월암에서 편히 지내고 있으니 염려 말게."

매형의 말에 사경안은 놀라고 반가워 외마디 탄성을 터뜨렸다.

"누님이 살아 계신단 말입니까!"

그리고 매형의 손을 덥석 잡으며 말했다.

"누님이 살아 계신 것은 참으로 매형의 복이요, 묘혜 스님의 은혜입니다!"

사경안은 기쁨의 눈물을 흘렸다. 유연수가 그를 달래며 말했다.

"이제 마음 아파하지 말게. 하늘의 은혜가 넓고 커서 어찌 다 갚을지 모르겠네."

그날 밤 늦도록 처남과 매형이 술상 앞에 마주 앉아 쌓인 회포를 풀었다.

유 시랑이 서울에 올라가 임금을 찾아뵈니 임금이 시랑을 보고 잘못 처리하였던 과거 일을 뉘우쳤다. 시랑이 몹시 황송하여 머리를 조아리며 아뢰었다.

"성은이 이렇게 깊으시니 제가 몸 둘 바를 모르겠습니다. 신이 아직

어리석어 높은 직책을 감당하지 못하겠사오니 벼슬을 거두어 주시기
바라옵니다."

그러자 임금은 너그럽게 웃으며 말하였다.

"겸손한 뜻을 존중하여 특별히 시랑에 더불어 강서 지방의 수령으로
임명할 테니 그곳의 직무 수행에 온 힘을 쏟으라."

유연수는 임금의 은총에 깊이 감사하고 옛집으로 돌아왔다. 주인 잃
은 집은 황량하고 온통 잡초만 무성했다. 유연수는 울컥 북받치는 설움
을 못 이겨 사당으로 달려가 통곡한 뒤에 두씨 부인을 찾아가 사죄하니,
두씨 부인은 눈물을 흘리며 말했다.

"내가 여태껏 죽지 않고 살다가 너를 다시 보니 지금 죽어도 한이 없
구나. 그러나 네 눈이 멀어 온 집안을 무너뜨리고 결국엔 조상의 제
사까지 지내지 못한 지 오래니 참으로 그 죄가 얼마나 큰가?"

"이 못난 조카의 죄는 만 번 죽어도 아까울 것이지만 다행히도 부부
가 다시 만났으니 제 죄를 용서하십시오."

두씨 부인은 조카의 뉘우침을 듣고 기뻐하였다.

"이는 다 네가 불러온 불행이다. 옛말에 '어진 사람에게는 복을 내리고
악인은 재앙을 만난다' 하였다. 이제 진정으로 잘못을 깨달았느냐?"

연수가 자책의 눈물에 젖어 전후 사연을 하나하나 말하니 두씨 부인
도 흐르는 눈물을 닦았다.

"이 같은 일이 세상에 또 있겠느냐."

그리고 얼굴에 환한 웃음을 띠었다. 친척들도 몰려와 시랑에게 축하

를 전하고 시종들도 모두 웃으며 눈물을 닦았다.

며칠 뒤 시랑이 사당에 향을 피운 뒤 조상의 위패를 모시고 강서로 행차할 때 두씨 부인은 사 씨 생각이 나서 눈물로 작별하였다.

강서로 행차하던 중 사경안이 마중을 나와 자신이 누님을 모셔 오겠다고 부탁하니, 시랑이 기쁘게 들어주었다.

"그러면 처남이 먼저 가게. 나는 나룻가에서 맞이하겠네."

그러자 사경안은 기뻐하며 곧 군산으로 향하였다.

사 공자가 군산에 도착하니, 사 씨는 그동안 늠름하게 자란 동생을 보고 반가운 한편 슬픔을 견디지 못하여 서로 붙들고 눈물 속에 오랫동안 그리워하던 회포를 풀었다. 이때 공자가 누이에게 매형의 편지를 내놓았다. 뜯어 보니 남편이 시랑에 더불어 강서 지방 수령으로 임명되었다는 내용이었다.

부인과 사경안이 묘혜에게 은혜를 갚으려고 예물을 주니, 묘혜가 사양하였다.

"이는 오직 아씨 복이지 제 공이 아닙니다."

사 씨가 떠날 때 묘혜와 여러 승들이 산 아래까지 내려와 배웅하는데 모두가 정이 들어 차마 떠나지 못했다.

사 씨 일행이 군산을 떠나 강서 땅에 이르니 유 시랑이 벌써 와서 기다리는데, 비단 장막이 나룻가를 덮고 울긋불긋한 깃발들이 사방에 펄럭거렸다. 사 씨의 시종은 새로 지은 옷 한 벌을 사 씨에게 가져다주었

다. 부인이 칠 년 동안 입었던 소복을 벗고 꽃무늬 찬란한 비단옷 차림으로 남편과 서로 만나니 참으로 보기 드물게 아름다운 광경이었다.

강서 일대의 관원들도 모두 새로 부임한 수령에게 축하를 올리고 시종들도 부부를 맞아들이며 모두 반겼다.

사 씨는 강서에 오자마자 인아를 생각하고 이곳저곳 두루 수소문하였으나 해가 지나도 자취를 찾을 수 없었다.

요조숙녀 두 사람

어느덧 여러 해 세월이 흘렀다. 어느 날 사 씨가 시랑에게 간곡히 말했다.

"제가 예전에 사람을 잘못 천거하여 집안을 어지럽혔으나 지금은 그때와 다르고, 제 나이 마흔이 되도록 다른 자식을 낳지 못하였으니 다시 상공을 위하여 현명하고 정숙한 여자를 천거하고자 합니다."

"지난날 교 씨로 인해 아직도 인아의 생사를 알지 못해 한이 사무쳤으니 다시는 모르는 사람을 집안에 들여놓지 않겠소."

그러자 사 씨가 눈물을 흘리며 간곡히 애원하였다.

"저 또한 그러합니다. 하지만 아직 인아의 생사를 모르고, 앞으로 대를 이을 자손마저 없으면 죽은 뒤 무슨 낯으로 아버님, 어머님을 뵙겠습니까."

"그렇다 하여도 그런 불길한 말은 입에 올리지도 마시오."

사 씨가 이때 속으로 생각하였다.

'묘혜의 조카딸 임 처자가 정숙하고 또 귀한 자식을 둘 팔자라 하였는데 그 나이를 헤아리면 이제 성인이 되었겠구나.'

사 씨는 어쩐지 임 처자에게 마음이 끌렸다.

사 씨는 남편에게 남쪽으로 향하던 길에 늙은 하인이 불쌍하게 객사한 사연을 말하고 하룻밤 신세 진 황릉묘를 보수할 것을 청하였다. 시랑이 그 말을 듣고 곧바로 하인들을 시켜 황릉묘를 손질하고 강가에 묻었던 늙은 하인의 시신을 찾아 장례를 치러 주었다.

또한 사 씨는 시종을 시켜 묘혜와 임 처자에게 금품과 비단을 후하게 보냈다.

묘혜는 받은 금품으로 수월암을 손질하고 군산 어귀에 탑을 세워 '부인탑'이라고 이름 붙였다.

이때 사 씨의 시종이 화룡현 임 처자의 집에 이르니 계모 변 씨는 이미 죽고 임 처자가 전에 보지 못했던 남동생인 듯한 소년을 하나 데리고 살고 있었다.

임 처자가 그를 보고 물었다.

"어디서 오셨소?"

"낭자, 저를 몰라보시오? 저는 이전에 사씨 부인을 모시고 장사로 가던 어린 시종이오."

임 처자는 그제야 알아보았다.

"이제야 알겠소."

임 처자가 사 씨의 안부를 물었다. 사 씨가 누명을 벗고 집안으로 돌아갔다는 이야기를 듣자 임 처자가 몹시 기뻐했다. 하인들은 사 씨가 보내는 편지와 비단을 내놓았다. 임 처자가 감격하여 받고 편지를 보니 사 씨가 그리워 만나기를 바랐다.

　이야기는 잠시 옛일로 되돌아간다.

　간악한 교 씨의 명령을 받고 설매가 인아를 강가에까지 안고 와 차마 어린애를 물에 넣지 못하고 근처의 수풀 위에 뉘어 놓고 돌아섰다.

　인아가 잠에서 깨어나 엉엉 우는데 마침 남경으로 장사하러 가던 뱃사람이 바람결에 아이 울음소리를 들었다. 곧 배를 강가에 대고 달려가 보니 과연 수풀 속에 웬 아이가 누워 발버둥을 치는데 보아하니 아직 어려도 용모가 보통 사람이 아니므로 배에 태우고 장삿길에 올랐다. 그로부터 열사나흘 뒤 화룡현을 지나다가 사나운 풍파를 만나게 되자 어쩔 수 없이 아이를 강가에 뉘어 놓고 갔다.

　그날 임 처자가 잠을 자다가 꿈을 꾸니, 강가에 오색구름이 일고 숲 속에 비범한 기운이 찬란히 어려 있어 처음 보는 희한한 광경이었다. 놀라서 깨어나니 꿈이었다.

　임 처자가 이상하게 여겨 급히 강가에 나가 보니 웬 어린애 하나가 누워 있는데 얼굴이 귀엽고 골격이 튼튼하여 참으로 정이 갔다. 임 처자는 아이를 얼른 품에 안고 돌아왔다. 변 씨도 어린애를 보고 기뻐하며 자기가 낳은 자식처럼 극진히 사랑하며 길렀다.

　세월이 흘러 몇 해가 지나자 변 씨가 병이 들어 그만 세상을 떠나 버리고 말았다. 임 처자는 계모의 죽음을 애통히 여겨 슬피 울면서, 정성껏 장례를 치렀다.

마을 사람들은 마음씨 착하고 얌전한 임 처자를 칭찬하며 사방에서 구혼해 왔으나 처자는 한결같이 거절했다.

사 씨는 임 처자가 아직 혼인하지 않았다는 이야기를 듣고 남편과 의논하였다.

"제가 전날 뱃길로 장사 땅을 찾아갈 때 풍랑을 만나 연화촌 어느 집에 들어가 며칠 묵었습니다. 그때 그 집 처녀를 보니 용모가 몹시 아름답고 품성이 순하여 이제 그를 데려다가 집안일을 맡기고자 합니다."

유연수가 마지못하여 허락하니, 사 씨는 곧장 시종과 가마꾼을 불러 명령하였다.

"연화촌 임 처자를 데려오너라."

그들이 연화촌에 이르러 임 처자에게 부인 말을 전하니, 처자는 아무런 대답 없이 서둘러 집 안팎을 정리하고 동생과 더불어 길을 떠났다.

임 처자가 강서 땅에 이르러 사 씨를 만나니 오랫동안 헤어졌던 형제처럼 반기며 서로 붙들고 옛일을 추억하였다.

다음 날 부인은 친척과 이웃 사람들을 불러 잔치를 차리고 임 처자의 혼례를 치렀다. 신부의 용모가 어쩌나 아름다운지 시랑은 마음속으로 기뻐했다. 시랑이 사 씨더러 말하였다.

"임 씨의 인물이 곱고 얌전한 품성이 겉모습에도 나타나니 다행한 일이지만 부인에 대한 내 정이 줄어들까 두렵소."

사 씨는 그저 웃을 뿐 아무런 대꾸도 하지 않았다.

하루는 인아의 유모가 임 씨 방에 들어가 눈물을 머금고 청하였다.

"며칠 전 하인이 하는 말을 들으니 아씨 남동생 모습이 우리 인아 도련님과 비슷하다 하여 한번 볼 수 있도록 부탁드립니다."

임 씨가 그 말을 듣자 조금 놀라며 물었다.

"도련님을 어디에서 잃었소?"

"순천에서 잃었습니다."

임 씨가 속으로 생각하였다.

'순천이 연화촌에서 천 리나 떨어졌으니 내 동생이 어찌 공자겠는가? 어쨌든 만나게 하자.'

그리고 시종을 불러 동생을 데려오라 일렀다.

유모가 방 안으로 들어서는 소년을 바라보니 인아와 꼭 같았다. 유모는 자꾸 눈물이 앞을 가려 더 말을 못 하는데, 이를 본 임 씨가 말했다.

"내 동생은 사실 우리 어머니가 낳은 동생이 아니라 어느 날 강가에서 얻어 온 아이인데 우리가 거두어 남매가 되었네. 만일 얼굴이 잃어버린 도련님과 같다면 무슨 사연인가?"

이때 소년이 유모를 뚫어지게 바라보더니 그만 울음을 터뜨렸다.

"유모는 나를 알아보지 못하겠소?"

유모가 이 말을 듣자 놀랍고 반가워 갈라진 목소리로 말하였다.

"분명히 우리 도련님입니다. 그렇지 않으면 어찌 이런 말을 하겠습니까?"

유모는 아이를 끌어안고 등을 어루만지며 눈물을 뚝뚝 떨어뜨렸다.

임 씨가 이 광경을 보고 감동하여 말했다.

"이 아이가 성은 기억하지 못하나 전날 유모 손에서 귀하게 자랐다는 말을 자주 했소."

유모가 더할 나위 없이 기뻐 사 씨에게 한달음에 달려가 전하였다. 부인이 엎어지락 자빠지락 하며 임 씨 방에 뛰어들어 소년의 손을 잡고 물었다.

"나를 알겠느냐?"

인아가 자세히 쳐다보더니 부인의 가슴에 와락 안겨 흐느끼면서 말했다.

"어머니는 이 아들을 몰라보십니까? 저는 어머니가 집을 떠난 뒤 매일같이 어머니 생각을 안 한 날이 없습니다.

하루는 작은어머니 교 씨 부인이 나를 데리고 멀리 가다가 내가 잠든 사이에 어딘가 강가에 버리고 갔습니다. 깨어나서 너무 무서워 크게 울었더니 그 소리를 들은 어떤 사람이 저를 품에 안아다가 배에 태웠습니다. 그런데 그 사람이 풍랑이 사납던 어느 날 또 저를 강가에 내려놓고 갔고, 그때 누이가 친동생처럼 거두어 주어 몸 편히 지냈습니다.

그런데 이렇게 오늘 어머니를 만났으니 이제 죽어도 한이 없습니다."

부인이 이 말을 듣고 정신 나간 사람처럼 허둥지둥 두 팔로 인아를 꽉 끌어안더니 대성통곡을 했다.

"이것이 생시냐 꿈이냐? 내가 너를 다시 못 볼 것이라 생각했는데 이

렇게 다 자란 모습을 보니 하늘이 도우셨구나."

부인이 곧 시랑에게 인아를 찾았다는 말을 전하니 시랑이 급히 들어왔다. 아들을 찾은 이야기를 처음부터 끝까지 다 듣고는 기뻐하며 임씨에게 더할 수 없이 고마워했다.

"오늘날 부자 상봉은 다 그대 공이오. 이제 내 시름이 모두 사라졌소."

임 씨가 그 말을 듣고 황송하여 말했다.

"오늘 아드님을 만나신 것은 존귀한 이 가문의 복입니다. 어찌 제 공이겠습니까. 마님의 덕이 높아 하늘이 감동하신 것입니다."

"그대 말이 과연 옳소."

온 집안 사람이 인아의 모습을 찬찬히 뜯어보니 체격이 단단하고 늠름하여 어릴 때보다 더욱 준수하여 모두 칭찬하고 하인들도 기뻐하며 임 씨를 사 씨 다음으로 받들어 공경했다.

사 씨 또한 임 씨를 형제처럼 사랑하고 임 씨 또한 사 씨 섬기는 것을 극진히 하니 온 집안이 임 씨의 현명함을 깨달았다. 그러자 새삼스레 교 씨에 대한 복수심에 집안의 모든 사람이 이가 갈려 교 씨를 찾으려 하였다.

틀림없는 악인 교 씨, 죽다

교 씨와 함께 살던 냉진은 짐을 모두 잃은 뒤 도적들과 사귀었다. 못된 짓에 타고난 자라 어느덧 도적들의 두목이 되었다가 어느 날 관청에 잡혀가 죽고 말았다.

교 씨는 냉진이 죽자 낙양으로 도망하여 몸을 숨겼다. 살아갈 길이 막막하여 청루에 들어가 기생이 되었다. 이름을 칠랑이라 고치고 낙양 사람들을 홀려 그들의 재물로 먹고살며 말하였다.

"나는 일찍이 한림학사의 부인이었답니다."

이렇게 뽐내며 요염한 자태로 사나이들을 홀리니 낙양 사람치고 기생 교칠랑을 모르는 자가 없었다.

하루는 유씨 집 하인이 마침 낙양에 갔다가 칠랑이라는 기생이 유명하다는 소문을 듣고 짚이는 데가 있어 청루로 찾아가 자세히 엿보았다. 과연 틀림없이 교 씨인지라 곧장 집에 돌아와 시랑에게 말했다. 유 시랑이 분하게 여겨 사 씨에게 말하였다.

"교 씨를 잡지 못해 한이었는데 이제 낙양 청루에서 기생 노릇을 한다니 내 그년을 잡아다가 쌓이고 맺힌 원한과 수치를 씻겠소."

사씨 부인도 역시 분함을 이기지 못하였다.

인아를 만난 뒤 부인과 시랑은 만사에 걱정이 없어 부지런히 백성을 다스리기에 여념이 없었다. 백성들은 농사에 힘쓰고 학업에 열중하니 강서 땅 온 고을이 태평세월을 누리고 있어 나라에서는 유 시랑을 예부 상서*로 불러올렸다.

이에 유 상서가 식구를 데리고 서울로 올라가던 길에 낙양에 이르렀다. 하인에게 교 씨를 알아보라 이르니, 과연 의심할 것 없이 사실이었다. 그리하여 그곳 매파를 찾아 먼저 금품을 넉넉히 주고 교칠랑을 만나서 이야기하라고 일렀다.

매파는 곧 교 씨를 찾아가 말했다.

"이제 예부상서로 올라가는 상공이 낭자의 꽃다운 이름을 듣고 이 늙은이를 불러다가 낭자를 데리고 오라고 분부하시니 상서는 높은 분이요, 게다가 또 시종이 하는 말을 들으니 부인은 오랜 병으로 집안을 제대로 다스리지 못한다 합니다. 낭자가 만일 상서 댁에 들어만 가면 그 집안을 독차지할 수 있으니 어떻겠습니까?"

교 씨가 그 말을 듣고 속으로 생각하였다.

'내가 지금은 먹을 것, 입을 것 걱정이 없으나 나이가 점점 많이 들면 늘그막에 의지할 곳을 생각해야 하지 않는가.'

교 씨가 흔쾌히 허락하자, 매파가 또 말했다.

* 예부상서는 지금의 장관급에 해당하는 높은 벼슬.

"상공과 부인이 직접 보는 데서 혼인하자고 하시며 낭자를 얼른 데려오라 하셨습니다."

"그러면 더욱 좋네."

교 씨가 이렇게 즐거워했다. 매파는 바로 돌아와 유 상서에게 그대로 말했다. 유 상서가 곧 가마를 갖추어 보내면서 하인에게 일렀다.

"교 씨를 가마에 태우고 내 뒤를 따라오너라."

유 상서 행차가 서울에 이르러 임금의 은총에 감사하고 옛집에 돌아와 친척을 모으고 상서로 벼슬이 오른 것을 축하하는 잔치를 벌였다.

이때 사 씨가 임 씨를 불러 두씨 부인에게 인사 시켰다.

"이 사람은 교 씨와 같지 않으니 고모님은 나쁘게 여기지 마십시오."

그리고 웃으니 두씨 부인이 대꾸하며 따라 웃었다.

"비록 어질지라도 나와는 상관없다."

이때 상서가 두씨 부인에게 말하였다.

"유명한 기생을 데려왔으니 한번 구경해 보십시오."

그리고 하인들에게 명하여 교칠랑을 부르게 하였다.

교 씨는 이때 숙소에서 기다리고 있다가 집으로 오라는 말에 가마에 올라 큰 집 앞에 이르자 몹시 놀라면서 저도 모르게 급히 물었다.

"아니, 이 집은 유 한림 댁 아니냐?"

시종이 대답하였다.

"유 한림은 귀양 가시고 우리 상공이 살고 계십니다."

그 말에 교 씨는 조금 마음이 진정되어 중얼거렸다.

"내가 이 집에 인연이 있구나. 이번에도 백자당에 거처해야겠다."

이때 시종이 교 씨를 가마에서 끌어내며 쏘아붙였다.

"빨리 상공과 부인을 뵈어라!"

교 씨가 내리고 보니 좌우에 가득히 늘어선 사람들이 모두 유씨 집안의 식구들이라 가슴이 철렁 내려앉고 맑은 하늘 아래 벼락이 떨어지는 듯했다. 교 씨가 기겁하여 땅에 풀썩 엎드려 울며 목숨만 살려 달라고 애걸하였다.

유 상서가 서릿발 같은 목소리로 꾸짖었다.

"네 죄를 알겠느냐?"

교 씨가 머리를 거듭 조아리면서 애걸복걸하였다.

"어찌 모르겠습니까. 한 번만 용서해 주소서."

상서는 들은 체도 않고 교 씨 죄를 낱낱이 밝혔다.

"네가 지은 죄가 한둘이 아니니 자세히 들어라.

처음에 부인이 풍류를 경계하라 함이 천만 번 맞는 말이었음에도 참소하여 나를 속였으니 그 죄 하나요. 십랑과 더불어 요망한 방법으로 장부를 속였으니 그 죄 둘이요, 음흉한 시종과 더불어 악한 일을 행했으니 그 죄 셋이요, 제 손으로 부적을 만들어 귀신을 부르고 부인에게 씌우니 그 죄 넷이요, 동청과 함께 우리 가문을 더럽혔으니 그 죄 다섯이요, 옥가락지를 훔쳐 내 냉진에게 주어 부인을 모함하였으니 그 죄 여섯이요, 네 손으로 자식을 죽이고 부인에게 누명을 씌웠으니 그 죄 일곱이요, 동청과 함께 나를 죽을 곳으로 귀양 보냈으니 그 죄 여덟이요, 아들 인아를 죽이려 하였으니 그 죄 아홉이요, 귀양살이에서 목숨을 건져 살아오는 나를 죽이려 하였으니 그 죄 열이구나.

네가 천지간에 이처럼 큰 죄를 짓고도 살고자 하느냐?"

교 씨가 머리를 쥐어뜯고 울며불며 말하였다.

"이 모두가 첩의 죄이오나 장주를 죽인 것은 납매가 한 짓이요, 엄숭에게 상공을 참소한 것과 상공을 해치려 도적을 보낸 일은 동청이 한 죄입니다."

교 씨가 자기는 모르는 일이라고 변명을 늘어놓더니 이번엔 사 씨를 향하여 눈물을 짜며 애원하였다.

"제가 참으로 인자하신 마님을 저버렸습니다. 하지만 부디 넓고 넓으신 덕으로 제 목숨만 살려 주십시오."

부인이 그 말을 듣고는 분하고 원통하여 눈물을 닦으며 교 씨에게 위엄 있게 말했다.

"나를 해치려 한 것은 용서하더라도 상공에게 지은 죄는 나라의 법이 있는데 내 힘으로 어찌하겠느냐."

상서가 더욱 노하여 하인들에게 명하여 교 씨의 가슴을 가르고 염통을 빼내라 하니, 사 씨가 말렸다.

"지은 죄가 태산 같으나 그래도 상공을 모셨던 몸이니 죽여도 시신을 온전하게 해 주십시오."

상서가 부인의 말에 감동하여 교 씨를 저잣거리에 끌어내다가 모두가 보는 앞에서 죄를 알리고 목을 매달아 죽였다.

사 씨가 춘방의 죽음을 불쌍히 여겨 상서에게 부탁하여 그 뼈를 찾아다가 잘 묻어 주었다. 또 십랑의 죄를 물으려 찾으니 작년에 벌써 다른 죄로 옥에서 죽었다는 소식이 들려왔다.

어진 이는 복을, 악한 이는 벌을 받는 법

임 씨가 유씨 가문에 들어온 지도 어언 십 년이 지나갔다.

그동안 아들 삼형제를 연이어 낳으니 다 옥 같은 골격에 신선 같은 몸이었다. 맏아들 이름은 웅이요, 둘째는 준이요, 셋째는 란이니 모두 아버지를 닮아서 인물이 뛰어났다.

나라에서는 유 상서의 벼슬을 높여 승상에 봉하고, 황후 또한 사 씨의 고결한 덕을 존경하여 자주 찾으니 유씨 가문의 영광이 드높았다.

또한 사씨 부인 동생 사경안도 높은 벼슬에 이르렀다.

승상 부부 팔십여 세를 편안히 누리고 인아와 임 씨 소생 형제들 모두 나라의 중요한 인물로 맡은 직분을 잘 수행하여 늙은 부모의 마음을 즐겁게 하였다.

사 씨는 부녀자들의 예의 도덕에 관한 글 열 편과 《열녀전》 세 권을 지어 세상에 전하고 며느리들을 가르쳐 착한 길로 이끌었다.

유씨 가문의 이야기만 보더라도, 예부터 어진 사람은 복을 받고 악한 사람은 벌을 받는 법이라는 것을 알 수 있다.

우 리 고 전 깊 이 읽 기

- 서포 김만중의 삶
- 김만중이 쓴 한글 소설
- 오늘날 다시 읽는 《사씨남정기》

서포 김만중의 삶

배에서 태어난 명문가의 후손

김만중(1637~1692)은 17세기 조선의 문신이자 소설가로, 호는 서포(西浦)이다. 명망 있는 광산 김씨 집안 출신으로 어머니 윤 씨는 선조의 부마*였던 윤신지의 손녀였고, 아버지 김익겸은 성균관 강독관을 지낸 문신이었다. 또한 형 김만기는 숙종의 비 인경왕후의 아버지로 서인의 핵심 세력이었다. 그 또한 스물아홉에 문과에 장원급제하여 젊은 시절부터 권력의 중심에 있었다.

김만중이 아이 때 불리던 이름은 '선생(船生)'으로, '배에서 태어난 아이'라는 뜻이다. 김만중이 태어나기 약 석 달 전 청나라가 조선을 침략하였고, 이 과정에서 강화도로 피난한 김만중의 아버지 김익겸은 당시 만삭이었던 아내 윤 씨를 두고 순절*하게 되었다. 이듬해 이월 강화도에서 나오는 피난선 안에서 태어난 김만중의 삶은 출생만큼이나 험난했다.

* 부마는 임금의 사위.
* 순절은 나라를 위한 충성심을 지키기 위하여 죽는 것.

어머니 윤 씨는 김만중 형제가 아버지 없이 자라는 것을 항상 걱정하면서도, 남부럽지 않게 키우려고 가정교육에 정성을 쏟았다고 한다. 늘 형제에게 책을 읽게 했는데 형편이 어려워져 책을 살 수 없는 지경에 이르자 이웃에게 책을 빌려 직접 베껴 형제에게 주었다. 윤 씨는 두 아들이 학문에 정진할 수 있도록 열성을 다했다. 이런 어머니의 가르침과 사랑은 김만중의 생애와 사상 전반에 큰 영향을 끼쳤다.

정치적 소용돌이 속 유배 생활

조선 중, 후기에는 학문적인 유대를 바탕으로 형성된 정치적 당파들이 있었다. 이들 사이의 균형과 공존으로 운영하는 정치를 붕당 정치라고 한다. 당시 서인과 남인으로 대표되는 당파는 균형을 이루어 왕권을 강화하고 올바른 정치의 길을 닦기도 하였으나, 그들의 권력 다툼으로 인해 수많은 사람들이 억울하게 몰락하기도 하였다.

김만중은 이러한 정치의 소용돌이 속에서 비교적 이른 나이에 벼슬살이를 시작했다. 김만중은 본인의 능력과 더불어 병자호란 때 순절한 김익겸의 아들이자 명망 있는 문신 가문의 후예라는 후광을 입고 왕의 가장 가까이에서 활동하게 되었다. 조선의 18대 왕 현종이 승하하고 숙종이 즉위한 뒤 그의 조카딸인 인경왕후가 왕비로 책봉된 뒤 김만중의 정치적 위상은 더욱 탄탄해졌다.

그는 사간원, 홍문관 같은 요직을 두루 거쳤고, 암행어사로 경기도의 여러 고을을 돌아보기도 했다. 김만중의 벼슬살이는 평탄하지만은 않았다. 예조판서, 병조판서, 대제학을 지내며 높은 자리에 올랐지만 여러 차례 유배 생활도 겪어야 했다.

처음 유배를 가게 된 것은 남인과의 당쟁 때문이었다. 강원도 고성으로 유배를 갔다가 두 달 만에 풀려났다. 하지만 숙종이 장희빈을 매우 총애하여 희빈과 관계가 깊은 남인들이 다시 집권을 하게 되자 김만중의 유배 생활도 다시 시작되었다. 경상도 남해에서 세 번째 유배 생활을 하던 가운데 어머니가 돌아가셨다는 소식을 들었다. 김만중은 큰 충격을 받고 점점 몸이 쇠약해져 1692년 4월 세상을 떠났다. 그가 여러 차례 유배를 가게 된 것은, 왕 앞이라도 거리낌 없이 자신의 의견을 밝히는 올곧은 성정과 서인 세력의 중심에 있었던 가문 때문이었다.

김만중은 유배 생활을 하면서 여러 문학작품들을 썼다. 한글 소설《사씨남정기》,《구운몽(九雲夢)》도 이 시기에 쓴 것으로 보인다. 김만중이 많은 한글 소설을 썼으리라 짐작하지만 안타깝게도 더 남아 있는 것은 없다.

김만중이 쓴 한글 소설

김만중은 유교가 지배하는 조선 시대에 집권 세력의 일원으로 유교의 덕
목을 누구보다 잘 알았다. 그러나 그가 쓴 작품에는 그의 거침없는 성향과 진
보적인 자세가 고스란히 드러나 있다. 유교 사회가 지닌 모순과 부패를 비판
하고, 다양한 종교 사상을 받아들였으며, 무엇보다 우리글로 소설을 써서 남
겼다.

당시 조선 사회의 상류층인 사대부들은 한글을 속되게 일러 '언문(諺文)'이
라고 이르며 여자나 아이들, 상민들이 쓰는 글이라며 천하게 대했다. 또 시와
산문만을 높이 여기고 소설은 하찮게 여겼다. 이런 시기 한글로 소설을 쓴 것
은 그야말로 혁신이었다.

지금 우리나라의 시문은 제 말을 버리고 남의 나라의 말을 배우고 있는데, 그것이 제
아무리 비슷하더라도 앵무새가 사람을 흉내 내는 데 지나지 않는다. 마을의 나무하는
아이나 물 긷는 아낙네들이 부르는 노래는 속된 말이라고 상스럽다고 하지만, 참과 거
짓을 따진다면 사대부들의 시나 산문 따위와는 결코 같이 이야기할 수 없다.

— 《서포만필》 가운데

앞서 살펴본 글은 김만중이 송강 정철의 가사 〈관동별곡〉, 〈사미인곡〉, 〈속미인〉에 관해 평한 글이다.

김만중은 문학 창작에 있어 다른 나라 말이 우리말과 같지 않으므로 남의 나라 말을 배우고 쓴 우리나라의 시문은 앵무새가 사람의 말을 흉내 내는 데 지나지 않는다며, 우리말로 쓴 작품의 중요성을 이야기하고 있다.

또한 소설이 지닌, 많은 이들의 마음을 움직이는 힘을 높이 평가했다. 그는, 진수가 쓴 역사책 《삼국지》나 사마광의 《자치통감》을 읽고 눈물을 흘리는 사람은 없을 것이지만, 나관중이 쓴 소설 《삼국지연의》를 읽고는 사람들이 운다고 했다.

김만중은 소설이 두루 읽히고 많은 이들의 감정을 불러일으켜야 한다고 생각했다. 그렇기 때문에 한자가 아닌 한글로, 까다로운 한문 투 표현을 피하고 입말에 가깝도록 작품을 썼다.

김만중이 생각한 대로 그가 한글로 쓴 소설들은 삼백 년 넘는 시간 동안 많은 이들에게 사랑을 받고 많은 이들의 마음을 움직이며 전해지게 되었다.

오늘날 다시 읽는 《사씨남정기》

삼백 년 전, 《사씨남정기》가 쓰인 시대

《사씨남정기》의 주요 이야기는 다음과 같다.

유연수는 당대의 어진 재상의 아들이며, 인물과 풍채가 뛰어나고 열네 살에 이미 한림학사 자리에 오른 인물이었다. 사정옥은 청렴하고 곧은 집안의 현숙한 처자였다. 둘은 부부의 연을 맺었지만 십 년이 넘도록 자식이 없었다. 이에 사정옥은 유연수에게 첩을 들일 것을 권한다. 미모가 뛰어난 첩 교채란은 아들을 낳고 유연수의 사랑을 한 몸에 받는다. 하지만 사정옥도 아들을 낳게 되자, 자신의 자리가 위태로워질 것을 염려한 교채란은 요사스러운 술수를 쓰고 간악한 동청과 함께 사정옥을 몰아낸다. 그리고 자신의 죄가 밝혀질까 두려워하다가 결국 유연수마저 모함해 귀양을 보내고 집안을 차지한다. 집안에서 쫓겨난 뒤 갖은 고난을 겪은 사정옥은 꿈을 통해 여러 도움을 받고 칠 년 뒤 위기에 처한 유연수를 구한다. 마침내 모든 것이 제자리로 돌아오고 교채란은 저지른 죄의 대가를 치른다.

《사씨남정기》는 권선징악과 긴박한 전개로 당시 사람들에게 큰 인기를 끌었다. 앞서 말했듯 김만중은 명망 있는 문신 집안 출신 양반 사대부였다. 그런 그가 처첩 간의 갈등을 다룬 가정소설을 쓴 까닭은 무엇일까?

《사씨남정기》가 쓰인 시기는 정확히 알려져 있지 않으나 1689년 기사환국으로 김만중이 남해에 유배되었을 때로 짐작된다. 홀로 지낼 어머니가 걱정된 김만중은 글 읽기를 즐기는 어머니를 생각하며 소설을 썼다고 한다. 하지만 이 뒤에는 다른 의도도 숨겨져 있다.

당시 숙종은 첫 왕비가 죽자 새로운 왕비 인현왕후를 맞이했다. 인현왕후가 왕위를 이을 아들을 낳지 못하는 가운데 1688년 숙종이 총애하는 후궁 장 씨가 아들을 낳고 이듬해 그 아들을 원자*로 삼을 것을 명하였다. 그러나 당시 집권 세력이었던 서인은 이를 반대하였다. 아직 인현왕후가 젊기에 성급하게 후궁의 소생을 원자로 정하는 것이 부당하다는 것이었다. 숙종은 서인들의 반대를 물리치고 끝내 장 씨의 소생을 원자로 책봉하고 장 씨의 지위를 희빈으로 높였다. 줄곧 반대하던 서인 세력은 결국 파직되거나 유배 보내졌다. 결국 인현왕후는 왕비의 자리에서 물러나고 장희빈이 왕비의 자리에 오른다. 이 과정에서 서인 세력의 중심이라고 할 수 있었던 김만중 또한 유배를 가게 된 것이다.

이쯤에서 우리는 《사씨남정기》의 등장인물을 당시의 실제 인물과 연결해 볼 수 있을 것이다. 총명함과 판단력을 잃었던 유연수는 숙종을, 현숙한 정실 부인이었으나 쫓겨나게 된 사정옥은 인현왕후를, 첩으로 들어와 아들을 낳았으나 사정옥을 쫓아내려고 갖은 악행을 저지른 교채란은 장희빈을 떠올리게 한다. 당시 사람들도 이 소설을 읽고 우리와 같은 것들을 떠올렸을 것이다. 전

---

* 원자는 아직 세자에 책봉되지 않은 임금의 맏아들.

해지는 일화지만, 어느 날 궁녀가 숙종에게《사씨남정기》를 전하자 숙종은 유연수를 일컬어 죄 없는 정실을 내쫓은 천하에 고약한 놈이라고 했다고 한다.

김만중의 숨겨진 뜻이 통했는지 모르지만, 김만중이 유배지에서 죽음을 맞은 지 두 해 뒤인 1694년 결국 인현왕후는 다시 왕비의 자리로 돌아올 수 있었다.

옛 소설에서 우리가 읽어야 할 것들

《사씨남정기》에는 우리가 이해하기 어려운 부분들이 많다. 사정옥이 쫓겨나 있을 때 꿈을 통해 두씨 부인을 사칭한 편지를 알게 되는 것이나 꿈을 통해 도움을 받고 미래를 예언하는 장면, 유배지에서 병을 얻은 유연수를 꿈속의 인물이 치료해 주는 장면들, 우연에 우연이 거듭되는 장면들은 사실 우리가 볼 때 썩 그럴듯하지 않다.

또한 사정옥이 유씨 집안의 대를 이을 아들을 낳지 못했다고 직접 첩을 구하러 나선다는 것, 교채란이 지내는 별당의 이름을 아들을 많이 두라는 뜻의 '백자당'이라 짓는 것, 누명을 쓰고도 그저 참는 것을 미덕으로 여기는 것, 온갖 어려움을 겪고도 다시 첩을 구해 들이는 것들은 오늘날 우리가 받아들이기 어렵기도 하다.

그럼에도 불구하고 삼백 년이 넘는 시간을 거슬러 우리에게 전해지는《사씨남정기》의 의미는 무엇일까?

김만중은 사정옥을 인간의 도리를 알고 이를 지키며 선한 덕을 지닌 인물로, 교채란은 간교한 악인으로 그려 선악의 대립을 분명하게 보여 준다. 사정옥은 교채란의 술수 때문에 다른 남자와 정을 통했다는 의심을 받거나, 어린 아이를 죽이도록 사주했다는 오해를 받기도 한다. 그럼에도 사정옥은 다른 사람을 탓하지 않았으며, 도움을 건네는 이들에게 진심으로 고마워하고 보답하려 애쓰는 선인(善人)의 모습을 보인다. 무엇보다 사정옥은 사람을 귀하게 여긴다. 이는 목적을 위해서는 수단과 방법을 가리지 않고 사람을 속이고 이용하는 교채란과 대비된다.

또한 두씨 부인은 유연수가 잘못된 판단을 내릴 때마다 충고를 하며 읽는 이가 올바른 판단을 할 수 있도록 돕는다. '아들을 낳는 것이 선이냐?'고 되물을 수 있지만,《사씨남정기》가 쓰인 때는 17세기 후반 유교적 이념에 충실한 조선 시대이기에 사 씨의 '선'은 자식을 낳고 대를 잇는 것으로 표현되었다고 생각해 볼 수 있다.

홀로 오랜 세월 고난을 겪은 사정옥이 결국 선함을 지켜냄으로써 자신의 행복한 인생을 되찾았고 교채란은 결국 벌을 받는다.《사씨남정기》는 이런 결말을 통해 권선징악의 교훈을 우리에게 강하게 설득한다. 김만중은 이 소설로 당시 부정과 부패로 얼룩진 가정과 사회를 안정시키는 방법을 제시한 것이다.

그렇다면 지금 우리 사회는 어떨까? 자식이 부모를 해하거나 부모가 자식을 해하기도 하고 탐욕 때문에 인간으로서 저지를 수 없는 일들을 저지르기도 한다. 인간이 지켜야 할 도리가 무너지고 있는 지금 우리가 결국 지켜야 할 것은 무엇인가? 우리는 그 답을 삼백 년 전 소설 속에서 찾아볼 수 있다.

우리는 고전 소설을 읽을 때 그 당시 사회와 시대적 배경, 지금 우리를 둘러싼 배경을 함께 생각하며 비판적으로 볼 필요가 있다. 문학작품의 해석과 이해는 관점과 시각에 따라 얼마든지 다양할 수 있기 때문이다. 작품이 쓰인 당시의 맥락과 글쓴이의 상황, 그밖의 여러 가지를 충실히 탐색하고, 더불어 옛글이 지금 우리에게 주는 의미를 생각해 보자.

만남 4

사씨남정기

청소년들아, 김만중을 만나자

2024년 8월 5일 1판 1쇄 펴냄

글쓴이 김만중 | **옮긴이** 림호권
다시쓴 이 박소연 | **그린이** 무돌

편집 김누리, 김성재, 이경희, 임헌, 천승희
디자인 이종희 | **제작** 심준엽
영업마케팅 김현정, 심규완, 양병희 | **영업관리** 안명선
새사업부 조서연 | **경영지원실** 노명아, 신종호, 차수민
인쇄와 제본 ㈜상지사 P&B

펴낸이 유문숙 | **펴낸 곳** ㈜도서출판 보리
출판등록 1991년 8월 6일 제9-279호
주소 (10881) 경기도 파주시 직지길 492
전화 031-955-3535 | **전송** 031-950-9501
누리집 www.boribook.com | **전자우편** bori@boribook.com

보리는 나무 한 그루를 베어 낼 가치가 있는지 생각하며 책을 만듭니다.

ISBN 979-11-6314-371-0 44810
ISBN 978-89-8428-629-0 (세트)